韓語生活隨身卡

見面打招呼

안녕하세요 . / 안녕하십니까 . 您好。

처음 뵙겠습니다 . 初次相見幸會。

반갑습니다 . / 만나서 반갑습니다 . 幸會。

잘 부탁드립니다 . 請多指教。

說再見

안녕히 가세요 . 主人對客人：再見

안녕히 계세요 . 客人對主人：再見。

다음 주에 봐요 . / 다음 주에 만나요 . 下週見。

주말 잘 보내세요 . / 주말 잘 지내세요 . 週末愉快。

社交

어디 분이세요 ？ 您是哪裡人？

무슨 일 하세요 ？ 您從事什麼行業？

잘 있었어요 ？ 近來都好嗎？

주말 잘 보냈어요 ？ / 주말 잘 지냈어요 ？ 週末過得好嗎？

介紹身分

(저는) 학생이에요 . 我是學生。

(저는) 직장인이에요 . 我是上班族。

(저는) 공무원이에요 . 我是公務員。

(저는) 주부예요 . 我是家庭主婦。

(저는) 프리랜서예요 . 我是自由業者。

韓語生活隨身卡

隨身攜帶，掃描 QR Code，跟著高老師一起發音！

日常生活 1

공부해요 . 功夫─（學習。）

일해요 . 上班；工作。

운동해요 . 運動。

휴식해요 . 休息─（休息。）

쉬어요 . 休息。

日常生活 2

요리해요 . 料理─（做菜）

음식해요 . 飲食─（做菜。）

친구 만나요 . 與朋友見面。

자요 . 睡覺。

일어나요 . 起床。

飲食 1

맛있어요 . 好吃。　　맛없어요 . 不好吃。

셔요 . 酸。　　달아요 . 甜。

써요 . 苦。　　매워요 . 辣。

짜요 . 鹹。

飲食 2

이상해요 . 異常─（奇怪。）

냄새 이상해요 . 氣味奇怪。　　맛 이상해요 . 味道奇怪。

뜨거워요 . 很燙。　　차가워요 . 冰冷。

따뜻해요 . 溫。　　시원해요 . 涼。

高老師**獨創學習法**

從哈哈大笑
開始學韓語發音

高俊江———著

大家好，我是高俊江老師，學生們都叫我高老師，在我過往的教學與學習經驗中，發現只懂得認字與文法，不等於學會一種語言。「勇敢開口說慢慢再認字」才是最符合現代人的學習方式。從現在開始，跟我一起進入韓語世界吧！

你已經會韓語發音了，只是你不知道！

許多人誤以為認字能力就是發音能力

　　我聽過很多學生說「老師，我都學不會韓文發音！曾經上過發音班，但看到韓文字還是唸不出來！」，而這句話總是在我心裡產生一個疑惑：他們是無法模仿韓語發音，還是無法辨認韓文字？每次遇到這樣提問的學生，我都會先測試他們能不能模仿我的韓語發音，但我發現學生十之八九都能夠模仿我的發音呢！換言之，他們已經會韓語發音，自己卻不知道這件事。

　　之所以會有這樣的誤會，是將認字能力當作是發音能力。但是，這不僅是這些學習者的誤會，也是我們講「會説中文」這種矛盾的説法嘛！（我們說的是「國語」或「華語」，而「中文」是閱讀或書寫的。）總而言之，認字與發音屬於不同的技能：假如發音能力等於認字能力，那世上應該沒有文盲了。

誤將學外語的重點放在詞彙與文法，
而不放在聽力與口說能力上

　　可能是因為以上所說的誤會，太多台灣朋友在學韓語時，將學習精力放在認字、寫字以及朗讀文字上，卻忽略聽與說的模仿練習。這種習慣可能源自於以前傳統教育中的英文（不是英語）教學方式。傳統的英文與其他的外文教育，都是以吸取英國歐美等國家的文字知識為目的，所以需要將學習精力放在認字能力與文法知識上。然而，現今台灣朋友學韓語的動機與此不同，絕大多數是因為喜歡韓國的流行音樂 Kpop 與電視劇而有了學習韓語的動機。既然如此，學韓語的優先順序應該是將以韓語的聽說能力為主，而不是花過多時間來認字、閱讀與學文法。

你學習外語的方法
已經該淘汰了！

具備中英韓語教學經驗

我曾經學過英語，教過英語；學過華語，教過華語；母語為韓語，最後則是專心教韓語。我在每一段求學與教學的過程裡吸收了各種優點：從英語教學中找到教學理念；從華語教學中發現革新的重要。

我之所以堅信「認字不等於會發音以及學會那個語言」，也是從自身經驗領悟而來。我曾經是個典型的韓國學生，在求學過程裡只學過「英文」，而從未學過「英語」，所以在二○○一年我有機會去美國求學時發現，雖然頭腦裡裝滿了英文單字與文法，卻無法順利進行會話，讓我感到挫折。這個經驗使我痛下決心，既然到美國生活了，一定要將英語學好，於是很積極地去參與社交，找打工機會，透過不同領域、與年齡階層的朋友談話，加強我的英語能力；從研究生與教授身上，學習知識分子的英語表達方式；我後來參加柔道社團時認識了在江湖混過的社會人，從他們口中觀察到江湖人使用的英語；暑假沒有課的時候，也積極參與社區的慈善團體，

幫助低收入族群剪頭髮，了解不同階層的說話習慣；在基督教活動認識的美國長輩們，讓我學會老一輩美國人的傳統文化及說話方式。

這一切都要歸功我當時到美國的覺悟與決心，讓我終於學會了英語，也順利從美國大學畢業，接下來我決定到台灣學華語。這次我一到台灣就將學習精力放在聽說能力上，以求有效地學習華語。後來我申請到國立台灣師範大學的華語文教學研究所，正式進入了華語教師訓練課程，立志當華語老師。幾年之後，在一個難得的機會下，我申請到美國麻州一所大學中的華語系擔任助教，讓我有機會再次赴美，並且邊教華語、邊學該所大學的華語教學法：這所大學一開始竟然不教漢字！而該校華語課程一年級的學生，雖然認識的漢字極少，但會說的華語卻不少，他們在聽說方面的能力比較有信心。

這些從二〇〇一年開始的外語學習及教學經驗讓我知道，傳統的外文學習方法已經過時，也該淘汰了，我們應該要徹頭徹尾地改變學習外語的習慣。

馬上可以開口說

　　在台灣從事韓語教學多年，一直很佩服台灣學習韓語的朋友，因為大部分的學習者都是上班族，對於韓語既沒有工作需求又沒有考試壓力，卻自願花時間、金錢與體力來學韓語，而他們對韓語的學習熱忱絕不亞於英語，甚至超過英語，如此強烈的自我開發意願，怎麼能不佩服呢！但我一邊讚嘆，卻又感到十分可惜，太多同學仍然堅持用舊的學習習慣來學韓文，無法接受先聽說、後認字的學習順序，導致沒辦法學會流利的韓語發音與表達方式。

　　其中還有一個觀察，是大量聽卻幾乎不練習開口說。就好像你想學游泳，卻只願意看網路上的教學影片，而不願跳進水裡去練習游一游，那是永遠學不會游泳的！想學外語卻不開口說話，永遠學不會那門語言的，學外語也算是一種運動：畢竟得動到嘴巴嘛！

本書與一般市面上的教學書有何不同？

傳統學習的發音課程：
先認字、後發音，並同時練習寫字。

　　市面上出版的韓語發音學習書，大部分過度強調先認字、會發音、朗讀以及寫字練習，卻忽略大量練習聽說的需要。在傳統學習安排下，學習者對初學者來說，相當吃不消。至少有「認字、聽、說、寫字」等四種技能要學，但這些書卻又標榜只是「發音學習書」！

高老師的發音課程：
先發音、後認字；寫字甚至可以忽略（發音課結束
後可以慢慢加強寫字練習）。

　　這本發音學習書裡最重視的技能，當然是「聽與說」，因此提供大量的真人錄音。至於認字與寫字技能，可以接在聽與說之後，甚至在本學習書裡可以先忽略，因為高老師認為只要學好韓語發音且有心繼續學，學習者都會自願、自然地學會認字與寫字能力；韓文字對使用中文字的台灣人來說，應該相對更簡單才對啊！

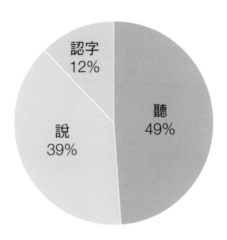

高老師獨創學習法

★特點 1：高老師教過英語、韓語與華語，教學經驗豐富。

★特點 2：打破制式語言學習法，先學聽與説再認字。

★特點 3：3 個步驟，學一次就忘不了！
Step 1. 拆解母音子音特性反覆聽 MP3。
Step 2. 聽發音有效一起跟讀。
Step 3. 不需要死背就能朗朗上口！

★特點 4：擊破不容易模仿、難以分辨或容易唸錯的韓語單字。

目 錄

CONTENTS

韓語就是
這麼有趣！

一定要知道的
文字與發音基本知識

1. 獨特發音

大部分的同學對韓語有一些印象：發音聽起來吭吭蔥蔥的，文字寫得方方圓圓的，就是特別、有趣、不一樣。不過身為韓國人的高老師敢說：大家和韓國人的語言習慣與思維上是乾兄弟姐妹！

● 韓語常用詞彙發音與華語之間的相似點

同學應該都有過這種經驗：聽客家話、廣東話、台語等各地或不同族群的語言時，雖然整段話聽不懂，發音又很陌生，但仔細聽會發現其實很多詞彙都有類似的發音。這是為什麼呢？因為這些語言都擁有大量的共同漢字詞彙喔！同樣地，韓語也一樣，詞彙裡包含大量的漢字詞（如：은행〔銀行〕、도서관〔圖書館〕、운동〔運動〕、회의〔會議〕、희망〔希望〕……），於是仔細聽韓語，肯定會發現許多相似點與某種程度的親切感。

● 該用什麼方法學韓語發音？

韓語並不是華人語種之一，當然包含從未聽過的發音以及未用過的發音方式：例如，不少韓語發音必須將嘴唇

閉合聽起來才道地;在一些發音裡,舌尖必須碰觸口腔裡特定位置,才能唸到位。知道了這些,會感到莫名疲累嗎?大可不必如此!請你們將練習韓語發音當成學一項新的運動:你們已經會空手道(指華語)了,也不妨學學跆拳道(指韓語);正如跆拳道的出拳與踢腳方法與華人的功夫不同,韓語和華語有不同的發音方式。而且,多學一種運動能讓我們的身體機能更加多元發達;學一種新的語言,也會讓我們發展溝通能力與擴大視野。

2. 文字

　　韓語的文字，就是韓文，應該是最不同於漢字的語言工具：華語的每一個發音有很多不同的漢字文字化（如：尤→昂、盎、骯、醠……等等），但韓語的每一個發音基本上只有一個韓文字字型（如：尤≒앙）。韓文字所使用的符號總共有 40 個，基本上可分為母音符號與子音符號兩類。

● 21 個母音符號

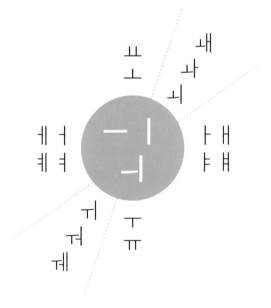

● 19 個子音符號

ㅁㅂㅍ ㄴㄷㅌ ㄹ ㅅㅈㅊ ㄱㅋ ㅎㅇ
ㅃ　　 ㄸ 　　　 ㅆㅉ 　ㄲ

● 韓文字的組織構成

　　韓語發音符號若要文字化，必須使用至少一個子音符號與一個母音符號，不可單取一個符號當成字。韓文字的基本結構有如下幾個：

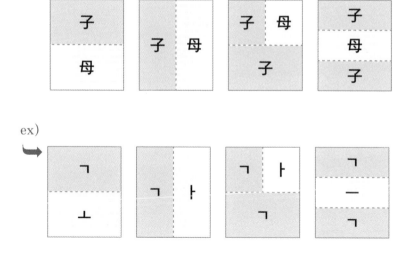

ex)

3. 詞彙

● 包含豐富的漢字詞與外來詞，亦有僅屬於韓語的詞彙與說法

　　華人學習韓語時，比西方人士還占優勢，因為韓語使用大量的漢字詞，尤其在抽象與專業的詞彙裡。只要稍微改變原有的發音習慣就好，正如學廣東話或客家話詞彙。舉幾個例子：도서관（圖書館）、서점（書店）、정치（政治）、추상（抽象）……不過，也要知道，韓語裡存在非常多的外來詞，尤其是從英語來的，如：요가（yoga）、웨이트 트레이닝（weight training）、초콜릿（chocolate）、브레이크（brake）……這是因為韓國人在吸收外來文化時，傾向於盡量模仿它原本的發音。

　　學韓語時真正困難的詞彙是韓語獨有的「固有語」，因為這些詞彙與華語之間沒有共同漢字。然而，韓語畢竟是外語，學韓語「固有語」的過程是避免不了的。但是你們不用怕！因為你們都學過、背過那麼陌生的幾百、幾千個英語詞彙，這麼少數的韓語詞彙難不倒你們的！

4. 說法

● 只要掌握語序差異，就能輕鬆開口說韓語

　　除了前面提到與華語、台語相似或雷同的說法之外，學韓語時另一個方便、有趣的地方，是韓語與華語或台語之間的近似的思維和表達方式。除了韓語與華語之間有「受詞 - 動詞」的語序差異，如「빵（麵包）먹어요（吃）」（華語的語序是「吃麵包」）之外，其他說法的語序、背後思維、甚至一些諺語等，實在很相近。以下舉幾個例子：

1. 어제 저녁에（昨晚）시내에서（在市區）친구 만났어요（找朋友）

2. 여기에서 거기까지（從這裡到那裡）멀어요（很遠）

3. 새（鳥）다리（腳）：（腿很瘦）

4. 눈（眼光）높아요（很高）

5. 서양물（西洋的水）먹었어요（吃過了）：（喝過洋墨水）

Chapter 1

你會笑
就會發音了！

母音 1

step
1 準備運動開始

請播放 MP3，先跟著一起發音，
體驗自己的發音是否跟老師一樣。

 1-1 ／ 1-2

　　韓語發音學習的第一步開始了！我們以邊聽老師的錄音、邊模仿的方式，認識韓語的基本發音。但請同學們不要急著記下這些發音符號。

　　首先，我們一起聽聽韓國人的笑聲，先用耳朵辨識這些笑聲有哪裡不一樣？

 1-3　　　 1-4

 1-5　　　 1-6

 1-7

  1-1 ～ 1-7

哇～韓國人耳朵裡的笑聲有這麼多種類？接下來我們一起
聽聽笑聲有哪幾種區別：

MP3 1-3：年輕男生的笑聲

MP3 1-4：年輕女生的笑聲

MP3 1-5：爺爺的笑聲

MP3 1-6：壞人的笑聲

MP3 1-7：小朋友的笑聲

　　無論以上笑聲是什麼人的，若是你模仿得了，算是已經學
到了韓語的八個基本母音！到底有哪八個？請看以下表格：

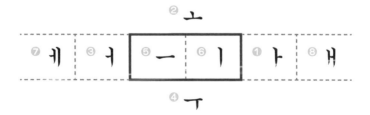

❶  MP3 1-8

ㅏ

這是我們要學的第一個母音與其符號。這個恰好也是小嬰兒第一個學到的發音呢！請你想想，媽媽餵小朋友的時候發出的聲音，也就是「ㅏ～」嘛！

❷ MP3 1-9

ㅗ

這是什麼時候聽到的聲音呢？請你想像看到很漂亮的女生、很帥的男生或很棒的表演，你會不會豎起大拇指說出「ㅗ～」的聲音？

❸ MP3 1-10

ㅓ

這是韓國人感到疑惑，或者想要與別人再度確認他剛說過什麼的時候發出的聲音「ㅓ……」或「ㅓ？」。

❹ MP3 1-11

ㅜ

看到一場很爛的比賽，觀眾會不會將大拇指朝下而發出「ㅜ～」這種聲音呢？

目前我們一起探討過四個韓語母音與其符號，那麼請再次邊聽、邊模仿其發音：

MP3 1-12：ㅏ ㅗ ㅓ ㅜ

提醒你們，在說出「ㅏ ㅗ ㅓ ㅜ」的同時，將大拇指從右、上、左、下，以逆時針方向轉，以便你們記住這些符號的哪個部分是凸出來的。

「老師，在我耳朵裡『ㅗ』和『ㅓ』都聽起來一樣，這個要怎麼分辨？」那麼高老師的回答是：「只有時間能幫助你解決這個疑惑！」呵呵呵……這不是我開的玩笑，而是真的。剛開始在學任何外語的時候，若有學習者的耳朵分辨不出來的聲音，那是因為我們的耳朵還不習慣聽辨那些未曾聽過的聲音，是個自然現象。我們的聽辨能力像味覺或嗅覺一樣，剛接觸到陌生聲音時不太能分辨得出來，只得透過常常聽的方式來增加聽力的敏銳度。

高老師自己也曾遇到過同樣的問題，在學兩個台語單字發音時經歷到的：「蚵仔」與「芋圓」。對很多外國人而言，「蚵仔」與「芋圓」的第一個音聽起來都一樣，因為自己的母語（如韓語）裡沒有那些聲音的分別。我第一次聽到這兩個發音時，根本無法分辨兩者到底有什麼不同，當然也發不出正確的音。但住在台灣的時間已久，聽久了、唸久了，現在差不多也學起來了。所以同學們若覺得韓語的「ㅗ」與「ㅓ」聽辨不出來，千萬別以為是你們學不會，而是還沒有習慣而已。

不過，高老師還是教同學們一個唸發音的技巧。「ㅓ」是韓語母音裡唸得最輕鬆的發音，請你們想像發呆而無力地

開口發出聲音;則「ㅗ」是韓語母音當中唸起來最辛苦的,真的需要將嘴唇做成最小的洞洞、做出皺皺的樣子才能唸出其正確發音。

接下來我們看一下另外兩個韓文符號。

❺ [MP3] 1-13　看起來完全像阿拉伯數字「1」,是吧?所以看到它的時候,你們直接唸出「1」就對了!

丨

❻ [MP3] 1-14　那「ㅡ」呢?請你們模仿老師的發音,但請記得其嘴形與「丨」一樣、固定不變喔!

一

再聽 [MP3] 1-15

怎麼樣？聽得出來第二個發音與第一個不同了吧？第二個發音的符號就是「ㅡ」。唸這兩個母音時，它們的嘴形相同，而用舌頭來做出相互不同的發音。請你們重複聽並模仿，才能熟悉它們的發音。

它們是最後要探討的兩個韓語基本母音。請你們先看看「ㅐ」，它與哪個羅馬字長得很像？就是「H」嘛！所以看到它的時候你們只要唸「H」的第一個音節就對了。怎麼樣，很好記吧？

學到這一步，有些聰明的學生會問：「老師老師！為什麼沒有說明「ㅔ」？哦，對了，抱歉差一點忘記了。它的發音與「ㅐ」一樣，就是這樣。

既然「ㅐ」與「ㅔ」的發音一樣，為什麼有兩個不同符號呢？

理論上他們有些微不同的發音，但口語裡唸的、聽到的發音都一樣，因此韓國人本身寫字的時候也常常會被這兩個符號混淆。那麼，韓國人怎麼知道正確寫法？這與我們學漢字一樣，每當學一個新的單字，一個一個記背就好。

例）애（小朋友）/ 에～이！（怎麼可能！）

我們的第一章、基礎母音都認識好了！接下來，我們一起複習。請你們先將大拇指轉一轉，同時唸出發音吧：

聽 1-17：

❶ 아　　❸ 어　　❺ 이　　❼ 애

❷ 오　　❹ 우　　❻ 으　　❽ 에

「韓文字」是怎麼寫的？

　　韓文字和中文字一樣，都寫在方形格子裡，但不同之處是韓文字裡必須包含一個「母音」符號與一個「子音」符號。那麼，若我們聽到「ㅏ」的聲音，該如何把它寫成「字」呢？非常簡單，只要在「ㅏ」的左邊加一個子音符號「ㅇ」就好。嗯？「ㅇ」是什麼東西？它是一個子音符號，但沒有發音：「ㅇ」是「空」的代表，當然也沒有發音。知道了「ㅇ」後，從此，可以開始把本章節學過的發音寫成字了：

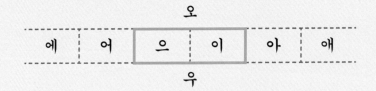

　　等等老師！「ㅇ」的位置都不同了呢！

　　對不起，我差一點忘記教你們了：若所使用的母音符號是由上而下直寫的，將「ㅇ」放在它的左邊，如：「에 어 이 아 애」。若以左右橫寫的，則將「ㅇ」放在其上面，「如：오 으 우」。

我們一起利用前面的單元學會韓語的基本母音與其符號，
接下來請你們做些練習，鞏固你們對這些符號的記憶。

step
2 聽辨能力測驗

請聽聽老師的發音，
找出代表這些發音的文字。（答案於 step 3 底下）

請播放 MP3 1-18

1. ①이　　②에　　③어　　④아

2. ①으　　②오　　③우　　④어

3. ①어　　②이　　③애　　④아

4. ①아　　②어　　③으　　④이

5. ①우　　②으　　③오　　④어

6. ①으　　②어　　③오　　④우

7. ①으　　②애　　③아　　④이

8. ①아　　②애　　③이　　④어

9. ①어이　　②이어　　③아이　　④이아

10. ①우이　　②오으　　③으오　　④오이

目前覺得如何？能將所聽到的發音與文字聯想起來嗎？那麼請接著嘗試，看文字練習發音。

step 3 認字＋發音練習

請先看看以下單字，自行唸出它們的發音。

接下來，再聽著老師的 MP3 模仿發音。

請播放 1-19

1.	오아오아오아	7.	이아이아이아
2.	오애오애오애	8.	이어이어이어
3.	우어우어우어	9.	이오이오이오
4.	우에우에우에	10.	이우이우이우
5.	우이우이우이	11.	이애이애이애
6.	으이으이으이		

怎麼樣？前面的練習會不會讓你感到無聊？一起來玩韓式繞口令吧！

嘴巴動一動

請先看看以下文字，唸出它們的發音。
接下來，請聽著老師的錄音並模仿其發音。

請播放 MP3 1-20

(1) 아에이오우으이

(2) 오아우어오애우에

(3) 으이이우이우에

> 看到很棒的表演會豎起大拇指，發出「ㅗ」的聲音；韓國人疑惑時會發出「ㅓ?」的聲音，轉一轉大拇指同時記住這兩個符號。

> 「ㅗ」和「ㅓ」聽起來都一樣，要怎麼分辨？

Chapter 2

你會玩積木遊戲就會說韓語了！

母音 2

step
1 準運開始

請播放 MP3，先跟著一起發音，
體驗自己的發音是否跟老師一樣。

MP3 2-1 / MP3 2-2

　　在第一章我們認識了韓語的基本母音以及它們的符號，對此感到很陌生吧？不過老師想叮嚀同學，必須好好學習第一章的內容，才能將韓語其他發音繼續學下去喔！那麼我們一起複習一下第一章的內容，請同學們邊聽 MP3、邊練習發音：

聽 MP3 1-17：

① ㅏ　　③ ㅓ　　⑤ ㅣ　　⑦ ㅐ

② ㅗ　　④ ㅜ　　⑥ ㅡ　　⑧ ㅔ

　　為什麼這些基本母音如此重要？因為我們正要進行積木遊戲，而這個遊戲裡最重要的材料就是基本母音！

  MP3 2-1～2-2、1-17

先請同學們邊聽、邊模仿老師的發音,並同時注意聽到哪些新的發音。

請播放 📼 2-3

(1)　ㅗ　+　ㅏ　=　ㅘ

請播放 📼 2-4

(2)　ㅜ　+　ㅓ　=　ㅝ

請播放 📼 2-5

(3)　ㅜ　+　ㅣ　=　ㅟ

請播放 📼 2-6

(4)　ㅡ　+　ㅣ　=　ㅢ

（5）　ㅗ　＋　ㅐ　＝　ㅙ

請播放 MP3 2-8

（6）　ㅜ　＋　ㅔ　＝　ㅞ

　　雖然ㅗ、ㅐ、ㅜ、ㅔ等的基本元件不同，但最後組合出來的ㅙ與ㅞ的發音是一樣的。

請播放 MP3 2-9

（7）　ㅗ　＋　ㅣ　＝　ㅚ

　　等等！「ㅚ」的發音為什麼和「ㅙ／ㅞ」一樣？老師也不知道「왜？（Why?）」，它們三個發音就是一樣呢……

「ㅚ」和「ㅐ/ㅔ」的發音相同，那麼其存在理由何在？

理論上「ㅚ」與「ㅐ/ㅔ」的發音有所不同，請你們聽聽看：

請播放 MP3 2-10：ㅚ/ㅐ

怎麼樣？聽得出來前者與後者之間有所不同吧？不過，這是理論上的區別，現實韓語裡將前後兩者用同樣發音來唸。

那麼，要寫文字的時候到底如何將此區別使用？……只能記背啊！事實上使用這些母音的情形不多。老師認為，依使用頻率而言「ㅐ」與「ㅚ」出現得多，而「ㅔ」的出現機率很低。

雖然我們目前尚未正式學過「子音」符號，但在此給同學們提供幾個例子當作參考：

例）왜（為什麼）／ 쇠（鐵）／ 죄（罪）／

웬일（怎麼回事）

雖然老師以上內容裡稍微囉嗦，多說了與「ㅚ / ㅙ / ㅞ」相關的故事，但就發音而言，同學們都能模仿得了吧？只要將幾個基本母音連起來唸，就變成新的複合式母音了嘛！

老師我要問！

請問，韓語基本母音符號可以透過積木遊戲概念而做出複合式母音符號，那麼有沒有以下這些組合的可能性？

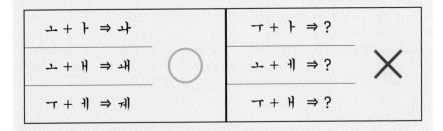

我直接回答：前者的組合可以，但後者的組合不被允許，是因為這些基本母音的性質不同。到底何種性質？即為「陽性母音」與「陰性母音」之間的合不合。

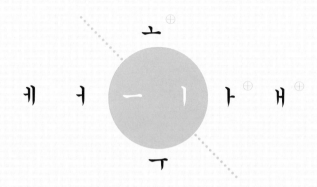

　　以上是基本母音列表，位於右側與上方的母音（ㅗ、ㅏ、ㅐ）為陽性母音，而左側與下方的母音（ㅜ、ㅓ、ㅔ）為陰性母音。原則上，陽性母音僅與陽性母音一起使用；同樣的，陰性母音僅能與陰性母音結合。於是，「ㅜ（陰）＋ㅏ（陽）」「ㅗ（陽）＋ㅔ（陰）」「ㅜ（陰）＋ㅐ（陽）」的結合是不能成立的。

　　同學對於以上內容可以理解嗎？那麼老師是不是可以囉嗦一些，再說明另外兩個符號之間的差異呢？

「ㅟ」和「ㅢ」之間的差異到底是什麼？

若同學覺得這兩個母音聽起來很像，只是因為你尚未聽過很多次、耳朵還沒熟悉的緣故。而且這兩個母音的發音方式，仍有很明顯的差異：嘴形。

（1）「ㅟ」：先將嘴唇嘟出來唸「ㅜ」，接著改嘴形而唸「ㅣ」。

（2）「ㅢ」：「ㅡ」與「ㅣ」的嘴形都一樣，只要用舌頭來控制其發音變化。

同學還是不太清楚嗎？那再聽一次 **MP3** 2-5 與 **MP3** 2-6 吧！

前面的單元我們一起學會韓語的複合式母音與其符號，接下來請你們做些練習，以便鞏固對這些符號的記憶。

請聽聽老師的發音，
找出代表這些發音的文字。（答案於 step 3 底下）

請播放 2-11

1. ①와　　②워　　③위　　④외

2. ①외　　②왜　　③와　　④웨

3. ①의　　②위　　③웨　　④외

4. ①왜　　②애　　③와　　④의

5. ①위　　②워　　③의　　④웨

6. ①이　　②워　　③의　　④웨

7. ①외　　②의　　③와　　④위

8. ①의에　　②외에　　③우에　　④위에

9. ①위와　　②왜위　　③왜와　　④웨아

10. ①의외　　②이외　　③이와　　④위에

　　目前覺得如何？能將所聽到的發音與文字聯想起來嗎？那麼請接著嘗試，看文字練習發音。

請先看看以下單字，自行唸出它們的發音。

接下來，再聽著老師的 MP3 模仿發音。

請播放  2-12

1.	와아와아와아	6.	와이오와이오
2.	위에위에위에	7.	워이에워이에
3.	의에의에의에	8.	의아애의아애
4.	외이오외이오	9.	의외에의외에
5.	위이오위이오	10.	오와에오와에

怎麼樣？前面的練習會不會讓你感到無聊？一起來玩韓式繞口令吧！

請你們先看看以下文字，唸出它們的發音。

接下來，請聽著老師的錄音並模仿其發音。

請播放 2-13

(1) 의아애오이워애오

(2) 우워오어워오애워오

(3) 위어워오외이애오

「왜？（Why?）」，
它們三個發音就是
一樣呢⋯⋯

「ㅚ」的發音為
什麼和「ㅙ/ㅞ」
一樣？

Chapter 3

韓語、華語、台語、客家話、廣東話都很像！

子音

請播放 MP3，先跟著一起發音，
體驗自己的發音是否跟老師一樣。

MP3 3-1 / MP3 3-2 / MP3 3-3

MP3 3-4 / MP3 3-5

在前面章節裡我們學會了韓語的母音與它們的符號，而且也順便學到韓文的一個子音符號「ㅇ」（沒有發音的那個）！在這一章節裡我們一起來認識韓語的其他子音及它們的符號。

首先，請你們跟著老師的錄音，一起唸幾個漢字的韓語讀音。

請播放 3-6

（1）　母　　　父　　　葡

(2) 內　　　道　　　土

(3) 路

(4) 四　　　字　　　最

(5) 高　　　快

(6) 好　　　五

同學們唸完覺得如何？都可以模仿出老師的發音嗎？如果是這樣，你們已經會唸韓語的基本子音了！

接下來，一起來認識這些子音是從哪些符號來寫成文字的。

韓文子音符號：發音產生的位置從嘴唇開始，隨著以下數字往口腔裡面移動

（1）	（2）	（3）	（4）	（5）	（6）
ㅁ ㅂ ㅍ	ㄴ ㄷ ㅌ	ㄹ	ㅅ ㅈ ㅊ	ㄱ ㅋ	ㅇ ㅎ
母 父 葡	內 道 土	路	四 字 最	高 快	五 好
모 부 포	내 도 토	로	사 자 최	고 쾌	오 호

（1） ㅁ ㅂ ㅍ

看到這三個子音符號時，請記得先將嘴唇合起來喔！

 這個符號看起來就像密封的箱子，於是請你們先將嘴唇密閉起來，接著輕輕地吐氣而唸「ㅓ」，它就是「머」。我們一起邊聽、邊唸這個子音符號與一些基本母音結合的發音吧：

請播放 3-12：마 모 머 무 므 미 매

ㅂ 這個符號是「ㅁ」的兄弟，但它脾氣不好，因為頭上長了兩個角了呢！所以請你們先將嘴唇閉合起來，接著稍多吹口氣而唸「ㅓ」，它就是「버」。我們一起邊聽、邊唸這個子音符號與一些基本母音結合的發音：

請播放 MP3 **3-13**：바 보 버 부 브 비 배

ㅍ 這個符號是這家三兄弟當中脾氣最暴躁的。你們也看得出來它脾氣壞到左右爆開了吧！於是請你們先將嘴唇密合起來，接著用力吹出口氣而唸「ㅓ」，它就是「퍼」。我們一起邊聽、邊唸這個子音符號與一些基本母音結合的發音：

請播放 MP3 **3-14**：파 포 퍼 푸 프 피 패

怎麼樣？同學們已經知道了如何將「ㅁㅂㅍ」的發音呈現出來吧？那麼請你們與老師一起練習這些子音與不同母音組合而發出來的聲音：

마바파 / 모보포 / 머버퍼 / 무부푸 / 므브프 /
미비피 / 매배패

韓語有哪些常用詞有使用這些符號變成的字呢？接下來，
和老師一起邊聽、邊唸，然後看它們的韓文寫法吧：

請播放 MP3 3-16：

무（蘿蔔）/ 바보（傻瓜）/ 배（肚子）/ 비（雨）/
파마（燙捲髮型）/ 아파！（好痛！）

(2) ㄴㄷㅌ

看到這三個符號，請你們先將舌尖貼在上顎門牙正後面喔！

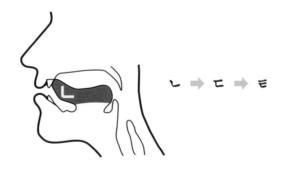

ㄴ

請先將舌尖貼在上顎門牙正後面，接著輕輕地發出「ㅓ」，它就是「너」。我們一起邊聽、邊唸該子音符號與一些基本母音結合的發音：

請播放 MP3 3-17：나 노 너 누 느 니 내

ㄷ

這個符號比起「ㄴ」，聲音僵硬了一些；將舌尖貼在上顎門牙正後面，但這時稍用力推，而接著發出「ㅓ」，它就是「더」。我們一起邊聽、邊唸這個子音符號與一些基本母音結合的發音：

請播放 MP3 3-18：다 도 더 두 드 디 대

ㅌ

這個符號是此系列當中最粗暴的，於是將舌尖貼在上顎門牙之後用力吐氣而唸「ㅓ」，它就是「터」。我們一起邊聽、邊唸這個子音符號與一些基本母音結合的發音：

請播放 MP3 3-19：타 토 터 투 트 티 태

怎麼樣？同學們已經知道了如何將「ㄴㄷㅌ」的發音呈現出來吧？那麼請你們與老師一起練習這些子音與不同母音組合而發出來的聲音：

請播放 3-20：

나다타 / 노도토 / 너더터 / 누두투 / 느드트 /
니디티 / 내대태

以下我們一起看看有哪些常用詞包含這些發音：

請播放 3-21：

너무（太）/ 모두（全部）/ 어디（哪裡）/ 포도（葡萄）/
나무（樹）/ 파이（派）/ 파티（派對）/ 토마토（番茄）/
어머니（母親）/ 우리（我們）/ 누나（姐姐）

(3) ㄹ

看到這個符號，需將舌尖從上顎門牙稍往後移動、頂在硬顎最前面，接著吐氣而唸「ㅓ」，它就是「러」。

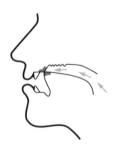

我們一起邊聽、邊唸這個子音符號與一些基本母音結合的發音：

請播放  3-22：라 로 러 루 르 리 래

以下我們一起看看有哪些常用詞包含這些發音：

請播放 3-23：

머리（頭）/ 모레（後天）/ 아래（下面）/ 오래（很久）/
드라마（電視劇）/ 다리（腿）/ 노래（歌曲）/ 나라（國家）

怎麼樣才能抓對「ㄹ」的位置呢？

　　不少同學們看到該符號，時而將舌頭貼在上顎門牙正後面，但這是「ㄴ、ㄷ、ㅌ」的舌尖位置。為了「ㄹ」的發音，請同學們必須將舌尖往後移動，貼在牙齦與硬顎之間凸出的部位。這時請特別注意，不要將舌尖移動得太後面：若舌尖移動到太後面，會變成像北京普通話裡的「兒化音」了。

總結而言，請同學們檢查自己的舌尖位置是否太前面（是否貼到上顎門牙正後面）？，或者太後面（唸出來的發音是否像兒化音）？

另外，如果同學們想抓住最接近韓語「ㄹ」的發音，不妨模仿錄音裡的彈舌音：

請播放 MP3 3-24

(4) ㅅ ㅈ ㅊ

看到這三個子音符號，同學們只要想到注音符號「ㄙ (ㅅ)、ㄐ (ㅈ)、ㄑ (ㅊ)」就行了。（說到「ㅅ」，它看起來就很像「ㄙ」，是不是?!那麼「ㅈ」呢？它是「ㅅ」的兄弟，頭上戴了一個東西而感到有點不耐煩，開始發出「ㄐ、ㄐ」的聲音。至於「ㅊ」，更加不得了，它帶著兩層令它不舒服的東西呢！所以它很「ㄑ」了！）

請同學播放 MP3，並且跟著模仿老師的發音：

請播放 MP3 3-25

ㅅ (스)，사 소 서 수 스 시 새

請播放 MP3 3-26

ㅈ (지)，자 조 저 주 즈 지 재

請播放 MP3 3-27

ㅊ (치)，차 초 처 추 츠 치 채

「ㅅ」怎麼有時突然變成「ㅜ」？

其實「ㅅ」的發音有兩種：「ㅅ」與「ㅜ」。

難道沒有使用規則嗎？當然有啊。

「ㅅ」基本上都是「ㅅ」，但它與母音「ㅣ」結合時就得唸成「ㅜ」。

怎麼樣？同學們已經知道了如何唸「ㅅㅈㅊ」的發音吧？那麼請你們與老師一起練習這些子音與不同母音組合而出來的發音：

請播放  **3-28：**

사자차 / 소조초 / 서저처 / 수주추 / 스즈츠 /
시지치 / 새재채

為什麼「ㅅ」聽起來像「ㄘ」呢？

還記得「ㅅ」的發音有哪兩種嗎？就是「ㄙ」或「ㄒ」嘛。若你聽到的是「ㄘ」，那是你的耳朵尚未習慣其發音的緣故。事實上韓語裡沒有「ㄘ」的發音。

同樣的理由，若同學你唸的發音為「ㄘ」，請記得要將發音慢慢練習、改為「ㄙ」喔！

我們一起邊聽、邊唸包含「ㄙ」「ㄗ」「ㄘ」的韓語詞彙：

請播放  3-29：

사（四）/ 버스（巴士）/ 소（牛）/ 비자（簽證）/

바지（褲子）/ 치마（裙子）/ 모자（帽子）/

주소（地址）/ 소주（燒酒）/ 차（茶；車）/

채소（蔬菜）/ 소리（聲音）/ 스트레스（壓力）/

자주（經常）/ 어제（昨天）/ 아주머니（大嬸）

老師我要問！

「시（ㄒ）」，我只會唸成「ㄙㄧ」，怎麼辦？

我們在台灣說國語的時候，某些人不太會唸「ㄒ」，而都唸成「ㄙㄧ」，是不是？但這算是問題嗎？絕對不是！因為大家都溝通得了嘛！

對於韓語的「시（ㄒ）」，高老師其實有同樣的看法：即使將此唸成「ㄙㄧ」，韓國人仍會聽得懂！

但同學們就不必練習發音了嗎？當然不是！既然要學一種外語，就請大家好好學習基本發音吧！假設一個外國人正在學華語，若他的發音不標準又不肯改，同學們會覺得怎麼樣呢？

(5) ㄱ ㅋ

　　看到這兩個符號，請你們想想注音的「ㄍ（거）」「ㅋ
（커）」，因為「ㄱ」與「ㅋ」的發音原理與這兩個注音沒兩樣。
至於「ㄱ」的形狀，它其實按照我們唸「ㄍ」時的舌頭形狀而
畫出來的：

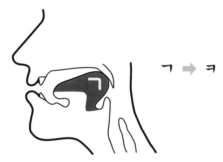

　　我們一起聽聽看這個子音符號與一些基本母音結合會變成
什麼發音吧：

請播放 MP3 3-30：가 고 거 구 그 기 개

請播放 MP3 3-31：카 코 커 쿠 크 키 캐

請播放 MP3 3-32：

가카 / 고코 / 거커 / 구쿠 / 그크 / 기키 / 개캐

接著我們一起邊聽、邊唸包含「ㄱ」「ㅋ」的韓語詞彙：

請播放 MP3 3-33：

구（九）/ 귀（耳朵）/ 개（狗）/ 가구（家具）/
고기（肉）/ 소고기（牛肉）/ 돼지고기（豬肉）/
누구（誰）/ 저기（那裡）/ 기차（火車）

請播放 MP3 3-34：

코（鼻子）/ 키스（親吻）/ 퀴즈（猜謎）/
코미디（喜劇）/ 카메라（相機）/ 초코파이（巧克力派）/
크리스마스（聖誕節）/ 카드（卡片）/ 커피（咖啡）

(6)　ㅇ ㅎ

同學們已經認識「ㅇ」了吧？它不用發音，對吧？不過它的兄弟「ㅎ」具有發音，就是喘氣聲。為什麼？因為「ㅇ」的頭上蓋了很重的帽子，它開始喘氣了！我們一起邊聽、邊唸「ㅎ」與一些基本母音結合的發音：

請播放 MP3 3-35：하 호 허 후 흐 히 해

請播放 MP3 3-36：

아하 / 오호 / 어허 / 우후 / 으흐 / 이히 / 애해

那麼有哪些詞彙包含這些符號呢？邊聽、邊唸吧：

請播放 MP3 3-37：

해（太陽）/ 후추（胡椒）/ 하마（河馬）/
하루（一天）/ 허리（腰）/ 회사（公司）

認識完以上子音，再來看看這張表格，是不是更能感覺發音位置的不同呢？

韓文子音符號：發音產生的位置從嘴唇開始，隨著以下數字往口腔裡面移動

（1）	（2）	（3）	（4）	（5）	（6）
ㅁㅂㅍ	ㄴㄷㅌ	ㄹ	ㅅㅈㅊ	ㄱㅋ	ㅇㅎ
母父葡	內道土	路	四字最	高快	五好
모부포	내도토	로	사자최	고쾌	오호

老師我要問！

「ㅇ」是不是包含「ㄍ」的發音元素？

因為台灣的某些語言習慣，學韓語的少數同學們將基本母音（如「ㅏ ㅗ ㅓ ㅜ ㅡ ㅐ」類的發音）唸成「가 고 거 구 그 기 개」。尤其是「ㅗ」，某些同學們將此唸成「고」。同學你不會這樣嗎？那太好了！

然而，為了有以上發音現象的同學們，高老師想建議一種練習方法：長呼吸吐氣！

請同學們不斷吐氣、一邊發出「ㅏ ㅗ ㅓ ㅜ ㅡ ㅣ ㅐ」的發音。

請播放 MP3 3-38

這樣持續練習下去，同學們慢慢就能正確地唸出基本母音。

前面的單元我們一起學會韓語的基本子音與其符號，接下來請你們做些練習，以便加深對這些符號的記憶。

3-38

請聽聽老師的發音，
找出代表這些發音的文字。（答案於 step 3 底下）

請播放 3-39

1. ①가드 ②카드 ③가트 ④카트

2. ①외사 ②회차 ③회사 ④외차

3. ①커피 ②커비 ③거피 ④거비

4. ①고 ②코 ③거 ④커

5. ①드나마 ②트라마 ③드라마 ④드라바

6. ①타시 ②타지 ③다지 ④다시

7. ①차추 ②자주 ③자추 ④차주

8. ①저기 ②처기 ③저키 ④처키

9. ①키자 ②키차 ③기자 ④기차

10. ①시트레스 ②츠트레스 ③스드레스 ④스트레스

目前覺得如何？能將所聽到的發音與文字聯想起來嗎？那麼請接著嘗試，看文字練習發音。

step

3 認字十發音練習

請先看看以下單字，自行唸出它們的發音。

接下來，再聽著老師的 MP3 模仿發音。

請播放 3-40

1.	카드 card ＝卡片；信用卡
2.	회사 會社＝公司
3.	커피 coffee ＝咖啡
4.	코＝鼻子
5.	드라마 drama ＝電視劇
6.	다시＝再
7.	자주＝常常
8.	저기＝那裡
9.	기차 汽車＝火車
10.	스트레스 stress ＝壓力

怎麼樣？前面的練習會不會讓你感到無聊？一起來玩韓式繞口令吧！

 **嘴巴動一動**

請先看看以下文字，唸出它們的發音。
接下來，請聽著老師的錄音並模仿其發音。

請播放 MP3 3-41

(1) 매워 다라 머거
　　（很辣　很甜　吃吧）

(2) 비와 누놔 스패
　　（下雨　下雪　很潮濕）

(3) 추워 더워 시워내
　　（很冷　很熱　很涼）

NOTE

Chapter 4

繼續用堆積木
遊戲學韓語吧！

母音 3

1 準備運動開始

請播放 MP3，先跟著一起發音，
體驗自己的發音是否跟老師一樣。

 4-1 / 4-2

在本章節的前面，我們一起學幾個常用的韓語單字。請你
們邊聽、邊唸：

請播放 4-3

야구 (棒球) / 야자 (椰子) / 여자 (女生) / 가요 (去) / 요
리 (料理) / 유리 (玻璃) / 외교 (外交) / 애기 (話)

怎麼樣？唸起來沒有困難吧？不過耳朵靈敏的同學們應該
發現，剛剛唸的發音裡好像有以前章節裡尚未學過的發音，是
不是？它們就是本章節要學習的發音及其符號。雖然你們已經
都會唸，但它們的符號是怎麼寫的呢？

為了解開疑問，我們又到了玩積木遊戲的階段了！先請同學們邊聽、邊模仿老師的發音，同時注意聽到哪些新的發音。

請播放 MP3 4-4

(1) 　ㅣ　 + 　ㅏ　 = 　ㅑ

請播放 MP3 4-5

(2) 　ㅣ　 + 　ㅗ　 = 　ㅛ

請播放 MP3 4-6

(3) 　ㅣ　 + 　ㅓ　 = 　ㅕ

請播放 MP3 4-7

(4) 　ㅣ　 + 　ㅜ　 = 　ㅠ

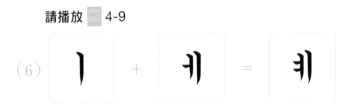

怎麼樣？邊聽邊唸，都沒問題吧？它們皆是從母音「ㅣ」開始、連著唸其他基本母音的新發音，高老師將它們稱為「ㅣ＋母音」。

以下表格給同學們參考，以便你們了解這些符號的形成原理：

					ㅗ					ㅛ	
ㅣ	＋	ㅔ	ㅓ	ㅏ	ㅐ	⇒	ㅖ	ㅕ	ㅑ	ㅒ	
					ㅜ					ㅠ	

只要與「ㅐ」或「ㅔ」有關，它們的發音似乎都一樣了呢！

沒錯！學到這裡，我們可以發現母音符號裡只要包含「ㅐ」或「ㅔ」，它們的發音都變得一樣了！

ㅐ = ㅔ	（ㅗ+ㅐ）ㅙ = ㅞ（ㅜ+ㅔ）
	（ㅣ+ㅐ）ㅒ = ㅖ（ㅣ+ㅔ）

對了對了！同學們還記得「ㅅ」的兩種發音吧？就是「ㅿ」與「ㅜ」，是不是？那麼還記得何時要將它唸成「ㅜ」嗎？

答案為：「ㅅ」與「ㅣ」碰撞時就得以「ㅜ」來唸。同樣的，若「ㅅ」與包含發音元素「ㅣ」的母音相碰時，即變成「ㅜ」。以下幫你們整理表格，以供參考：

ㅅ+　　　ㅏ ㅗ ㅓ ㅜ ㅡ ㅙ ㅔ ㅚ　　　→ [ㅿ]

ㅅ+　　　ㅣ ㅑ ㅛ ㅕ ㅠ ㅒ ㅖ ㅟ　　　→ [ㅜ]

那麼請同學們唸唸看以下文字組合好嗎？

請播放 MP3 4-10

사 소 서 수 스 쇄 쉐 쇠

請播放 MP3 4-11

시 샤 쇼 셔 슈 섀 셰 쉬

現在我們一起學習這些包含「ㅣ＋母音」的常用單字與說法吧：

請播放 MP3 4-12：

샤워（淋浴）/ 토크쇼（訪談節目）/ 커요 .（很大。）/
아파요 .（不舒服；痛。）/ 쉬어요 .（休息。）/
예 .（是。）/ 아니요 .（不是。）/
왜요 ?（為什麼？）/ 가요 .（去。）/ 와요 .（來。）/
봐요 .（看。）/ 마셔요 .（喝。）

「ㅚ」裡面出現「ㅣ」呢！那麼「쇠」的「ㅅ」為什麼不使用「ㅜ」來唸？

　　「ㅚ」裡面的確看得見「ㅣ」，但它的發音裡包含「ㅣ」嗎？沒有嘛！因此，看到「쇠」時，將此唸成「쉐」就好！

　　離開本章節之前，我們一起探討某些子音符號的寫法，尤其是「ㅈ」「ㅊ」「ㅎ」「ㄱ」這四個。同學們開始看懂了韓文字之後就會發現這些符號有幾個不同的寫法，但實際上那些不同的寫法都是個人習慣或印刷體不同而產生的。以下資料提供給同學們參考：

（1）「ㅈ」：有以下兩種寫法

ㅈ　　天

（2）「ㅊ」：有以下六種寫法

（3）「ㅎ」：有以下三種寫法

（4）「ㄱ」：有以下兩種寫法

　　雖然「ㅈ」「ㅊ」「ㅎ」的寫法使用哪一種都可以，但「ㄱ」的寫法，我們得多探討其寫法規則。

上頁圖裡左邊的寫法使用於直立式母音符號旁邊，
如：기 가 거 개 게 갸 겨 걔 계

右邊的寫法使用於橫式母音符號上方，
如：그 고 구 과 궈 괘 궤 괴 귀 긔

以上我們一起學過韓語的「ㄱ＋母音」與其符號，接下來
請你們做些練習，以鞏固對這些符號的記憶。

請聽聽老師的發音，

找出代表這些發音的文字。（答案於 step 3 底下）

請播放 MP3 4-13

1. ①여자　　②야자　　③여차　　④야차

2. ①여차　　②야자　　③여자　　④야차

3. ①가요　　②가여　　③카요　　④카여

4. ①요니　　②여니　　③여리　　④요리

5. ①여리　　②요리　　③유리　　④유니

6. ①애기　　②여기　　③얘기　　④야기

7. ①시어요　②쉬어요　③시어여　④쉬어여

8. ①아파요　②아파여　③아바요　④아바여

9. ①아디요　②아디여　③아니여　④아니요

10. ①하세요　②하세여　③하셔요　④하셔여

　　目前覺得如何？能將所聽到的發音與文字聯想起來嗎？那

麼請接著嘗試，看文字練習發音。

3 認字＋發音練習

請先看看以下單字，自行唸出它們的發音。
接下來，再聽著老師的 MP3 模仿發音。

請播放 MP3 4-14

1.	여자 女子＝女生
2.	가요＝去
3.	요리＝料理
4.	애기＝話語
5.	쇼 show ＝秀
6.	셔요＝很酸
7.	쉬어요＝休息
8.	마셔요＝喝
9.	쳐요＝打
10.	켜요＝打開（電器）

怎麼樣？前面的練習會不會讓你感到疲倦？一起再來玩韓式繞口令吧！

以下繞口令，別只是無意義地唸，
同時把意思記起來，會更有趣唷！

請播放 MP3 4-15

(1) 좋아애요 시러애요
  （喜歡　不喜歡）

(2) 셔요 다라요 매워요
  （很酸　很甜　辣）

(3) 쉬워요 어려워요 피고내요 쉬어요
  （很容易　很難　很累　休息吧）

NOTE

Chapter 5

重複使用
的 lucky 7

幸運的七個尾音符號

step

1 準備運動開始

請播放 MP3，先跟著一起發音，
體驗自己的發音是否跟老師一樣。

 5-1 / 5-2

我們終於快要進入韓語發音與認字課程的尾巴了！

在此章節裡要學的是「尾音」及韓文字下方出現的符號。
哎喲～又要學新的符號了？不用擔心，尾音的符號都重複使用
子音符號，且只有七個，就是「lucky 7」！

到底什麼是尾音以及它們的符號？我們進一步嘗試模仿一
些常用韓語詞彙的發音，好不好？請你們有耐心，每一個單字
都跟著 MP3 唸唸看喔！

請播放  5-3

（1）엄마（媽媽）/ 점심（午餐）/ 김치（泡菜）

請播放 5-4

（2）수업（課）/ 덥다！（好熱！）/ 춥다！（好冷！）

請播放 5-5

（3）라면（泡麵）/ 핸드폰（手機）/ 와인（葡萄酒）

請播放 5-6

（4）걷다（走）/ 닫다（關）

請播放 5-7

（5）가을（秋天）/ 얼굴（臉）

請播放 5-8

（6）국가（國家）/ 미국（美國）/ 태국（泰國）

請播放 5-9

（7）사랑（愛）/ 영국（英國）/ 중국（中國）

怎麼樣，同學們？仍然感到陌生吧!?沒關係，我們接下來一起深入了解這些發音方式吧！請你們看看以下圖表，在每一個字下方出現的子音代表各個尾音。

마	바	나	다	라	가	아
ㅁ	ㅂ	ㄴ	ㄷ	ㄹ	ㄱ	ㅇ

請播放  5-10

(1)

同學們還記得子音「마」的發音機制吧？就是將嘴唇密合，接著唸出母音「ㅏ」嘛！那麼「맘」的發音順序為：(1) 唸「마」，(2) 邊哼著聲音、邊將嘴唇閉合。

接著我們一起了解其他組合以及其發音：

請播放  5-11

(1) 唸「보」
(2) 邊哼著聲音、邊將嘴唇閉合。

MP3 5-10～5-11

김

(1) 唸「기」
(2) 邊哼著聲音、邊將嘴唇閉合。

從前述的發音機制，我們可以歸納出尾音符號「ㅁ」的呈現方法：邊哼著聲音、邊將嘴唇閉合。

這次請同學們學習幾個常用單字的發音，接著注意觀察這些發音是怎麼寫成文字的呢？

請播放 5-13

김（海苔）/ 곰（熊）/ 남（男）/ 맘（心）/
몸（身體）/ 봄（春天）/ 삼（三）/ 짐（行李）

請播放 5-14

（2）**밥**

看到這個韓文字，請依以下順序發音：(1) 唸「바」，(2) 將嘴唇迅速閉合的同時停止吐氣。

從以上的發音機制，我們可以類推其他韓文字的發音方式：

請播放  5-15

(1) 唸「다」
(2) 將嘴唇迅速閉合的同時停止吐氣。

請播放  5-16

(1) 唸「지」
(2) 將嘴唇迅速閉合的同時停止吐氣。

從以上的發音機制，我們可以歸納出尾音符號「ㅂ」的呈現方法：將嘴唇迅速閉合並同時停止吐氣。

這次請同學們學習幾個常用單字的發音，接著注意觀察這些發音是怎麼寫成文字的：

請播放  5-17

밥（飯）／십（十）／집（家；房子）／탑（塔）

以上我們學的兩個尾音符號「ㅁ」與「ㅂ」皆涉及嘴唇，即是將嘴唇閉合。然而接下來要學的兩個尾音符號「ㄴ」與「ㄷ」，則是涉及舌尖與上顎門牙，且不能將嘴唇閉合。

請播放  5-18

（3）　난

　　看到這個字，同學們猜得到該如何發音嗎？我們直接看說明吧！

請播放 5-19

 난

(1) 唸「나」
(2) 哼著聲音的同時，將舌尖貼回上顎門牙正後面。

請播放 5-20

 손

(1) 唸「소」
(2) 哼著聲音的同時，將舌尖貼到上顎門牙正後面。

為何將舌尖貼回到門牙正後面？因為在唸子音符號「ㄴ」的時候，得先將舌尖貼在上顎門牙正後面；所以當同學看到尾音符號「ㄴ」出現時，也得將舌尖貼到上顎門牙正後面。

現在請同學們學習幾個常用單字的發音，接著注意觀察這些發音是怎麼寫成文字的：

請播放  5-21

눈（眼睛）／난（蘭）／간（肝）／돈（錢）／
만（萬）／신（神）／산（山）／손（手）

請播放  5-22

（4）

同學們記得子音符號「ㄷ」的發音機制吧？它與「ㄴ」相同，得先將舌尖貼到上顎門牙正後面喔！於是「ㄷ」出現於尾音符號位置時，請你們將舌尖快速貼到上顎門牙正後面的同時，停止吐氣。

「ㄷ」為該尾音符號，與其看文字說明，還不如邊聽、邊唸來熟悉它的發音：

請播放 5-23

다 ~ ㄷ ⇒ 닫

나 ~ ㄷ ⇒ 낟

마 ~ ㄷ ⇒ 맏

모 ~ ㄷ ⇒ 몯

바 ~ ㄷ ⇒ 받

비 ~ ㄷ ⇒ 빋

사 ~ ㄷ ⇒ 삳

자 ~ ㄷ ⇒ 잗

차 ~ ㄷ ⇒ 찯

「맘、맙」，「난、낟」這些尾音符號唸起來都很像，我不
太能分辨！

　　它們前者與後者之間的確都有共同點：呈現尾音「ㅁ」
與「ㅂ」時，嘴唇都得密合；呈現「ㄴ」與「ㄷ」時，舌尖
得貼到上顎門牙正後面。

　　然而前者與後者的差別在於速度與哼聲與否。百讀不如
一聞了，請你們聽聽 MP3，也同時試著模仿：

請播放 MP3 5-24

감 / 갑，남 / 납，담 / 답，름 / 릅，맘 / 맙，밤 / 밥，
심 / 십，암 / 압，짐 / 집，춤 / 춥，큼 / 큽，픔 / 픕

請播放 MP3 5-25

간 / 갇，논 / 녿，든 / 듣，른 / 륻，문 / 묻，반 / 받，
선 / 섣，잔 / 잗，천 / 첟，큰 / 큳，판 / 팓

怎麼樣？感覺得到前者哼著聲音，而後者停止聲音，是
不是？

（5） 랄

接下來，我們要嘗試比較不容易的發音方式了，就是「ㄹ」。它無論當子音還是尾音符號，皆不容易找到舌尖該碰觸的位置。但我們還是一起探討吧！

「ㄹ」當子音時，先得將舌尖碰觸於上顎牙齦與硬顎之間凸出的部位。

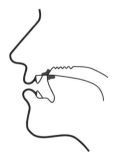

那麼，該如何發「랄」的音呢？

請播放 🎵 5-27

(1) 唸「라」

(2) 哼著聲音的同時將舌尖貼回到「ㄹ」發音的出發點。

為了熟悉舌尖該碰觸的部位，請你們邊聽、邊模仿 MP3：

請播放 🎵 5-28

라 ~ ㄹ ⇒ 랄

로 ~ ㄹ ⇒ 롤

러 ~ ㄹ ⇒ 럴

루 ~ ㄹ ⇒ 룰

르 ~ ㄹ ⇒ 를

리 ~ ㄹ ⇒ 릴

래 ~ ㄹ ⇒ 랠

直到目前為止，同學們覺得如何？能夠熟悉尾音「ㄹ」的舌尖碰觸部位嗎？當然不可能！畢竟你們接觸這種發音方式還沒多久呢！請記得：只要多聽、多唸，自然而然就能學會發音喔！

這次請同學們學習幾個常用單字的發音，接著注意觀察這些發音是怎麼寫成文字的：

請播放  5-29：

물（水）／불（火）／술（酒）／발（腳）／
팔（手臂）／설（春節）／절（寺廟）

請播放  5-30

(6) 각

這次要學的是尾音符號「ㄱ」。但討論其發音機制之前，我們先一起唸唸看幾個詞彙：

請播放  5-31：

체크（check；確認）／다크（dark；暗）／
마크（mark；標記）

老師相信，同學們要模仿這些發音絕對沒有問題。那麼你們可以感覺出來唸「ㅋ」的時候，舌頭的哪個部位碰觸口腔的哪裡嗎？若你們掌握到那個位置，就學會發尾音符號「ㄱ」的音了。那麼看到尾音符號「ㄱ」時唸「ㅋ」就行了嗎？當然不是。請同學們邊聽、邊模仿以下 MP3：

請播放 MP3 5-32

체~ㅋ 체~ㅋ　체~ㄱ 체~ㄱ ⇒ 첵

請播放 MP3 5-33

다~ㅋ 다~ㅋ　다~ㄱ 다~ㄱ ⇒ 닥

請播放 MP3 5-34

마~ㅋ 마~ㅋ　마~ㄱ 마~ㄱ ⇒ 막

以上發音的模仿技巧為：先唸「ㅋ」，接著將「ㅡ」的發音漸漸淡化。請你們再聽 MP3，嘗試其發音技巧。

那麼我們接下來模仿幾個韓文字的發音吧。這次的發音當中，老師會將原本的發音拉長一點，以便同學們聽得出來尾音「ㄱ」的發音：

請播放 MP3 5-35

부~ㄱ ➡ 북 （北）　　구~ㄱ ➡ 국 （清湯）

주~ㄱ ➡ 죽 （粥）　　더~ㄱ ➡ 덕 （德）

그~ㄱ ➡ 극 （劇）　　고~ㄱ ➡ 곡 （曲）

請播放 MP3 5-36

（7）　**앙**

咻～終於到本章節的尾聲了！而且這次要練習的尾音並不難，因為注音符號裡也有相近的發音，就是「ㄤ」！注音符號「ㄤ」與韓文字「앙」非常相近，但同學們還是得留意，韓文裡也有「앙、옹、엉、웅、응、잉、앵」等的組合。此類尾音，不再加以解釋了，請同學們邊聽、邊模仿：

請播放 MP3 5-37：

앙 ~ 옹 ~ 엉 ~ 웅 ~ 응 ~ 잉 ~ 앵

怎麼樣？同學們能感覺得到喉嚨深處響出來的發音嗎？

最後請同學學習幾個常用單字的發音，接著注意觀察這些發音是怎麼寫成文字的：

請播放 MP3 5-38：

공（球）/ 방（房間）/ 형（哥哥）/ 총（槍）/
등（燈）/ 병（瓶子）/ 콩（豆子）

恭喜同學！終於學完尾音符號及它們的發音方式了！以下表格提供給你，以便觀察尾音與嘴唇或口腔部位的關係：

嘴唇		上顎門牙 正後面		牙齦與 硬顎之間	喉嚨	
마	바	나	다	라	가	아
ㅁ	ㅂ	ㄴ	ㄷ	ㄹ	ㄱ	ㅇ

我們一起學會韓語的尾音與其符號，接下來請你們做些練習，鞏固對這些符號的記憶。

step

2 聽辨能力測驗

請聽聽老師的發音，
找出代表這些發音的文字。（答案於 step 3 底下）

請播放 5-39

1. ①수얼　　②수업　　③수엄　　④수언

2. ①핸드폰　②행드폰　③행드퐁　④핸드퐁

3. ①전신　　②전심　　③정심　　④점심

4. ①사랑　　②사란　　③사람　　④사라

5. ①사랑　　②사람　　③사란　　④사라

6. ①언군　　②얼굴　　③얼구　　④어굴

7. ①이본　　②이쁜　　③닐본　　④일본

8. ①영국　　②영구　　③영군　　④여군

9. ①다다　　②다타　　③닫다　　④닫타

10. ①라면　　②라명　　③나면　　④나명

　　目前覺得如何？能將所聽到的發音與文字聯想起來嗎？那
麼請你接著嘗試，看文字練習發音。

 5-39

請同學先看看以下單字，自行唸出它們的發音。
接下來，再聽著老師的 MP3 模仿發音。

請播放 MP3 5-40

1.	대만＝台灣
2.	스마트폰 smart phone＝智慧型手機
3.	김치＝韓式泡菜
4.	가을＝秋天
5.	국가＝國家
6.	중국＝中國
7.	한국＝韓國
8.	학교＝學校
9.	숟가락＝湯匙
10.	듣다＝聽

答案：1.② / 2.① / 3.④ / 4.③ / 5.① / 6.② / 7.④ / 8.① / 9.③ / 10.①

怎麼樣？前面的練習會不會讓你感到無聊？再一起輕鬆玩韓式繞口令吧！

請你們先看看以下文字，唸出它們的發音。
接下來，請聽著老師的錄音並模仿其發音。

請播放 MP3 5-41

(1) 내가 그린 기린 그림은 긴 기린 그림이냐，
  그냥 그린 기린 그림이냐？
  （我畫的麒麟是長的還是普通的？）

(2) 간장 공장 공장장은 강 공장장이고，
  된장 공장 공장장은 장 공장장이다.
  （醬油工廠的廠長是姜廠長，大醬工廠的廠長是張廠
  長。）

NOTE

其實不一樣，雖然唸尾音「ㅁ」與「ㅂ」時，嘴唇都要密合，但前者要哼著聲音，後者則要停止聲音，多練習幾次就沒問題了。

老師，為什麼「맘、맙」的尾音符號唸起來好像？

Chapter 6

會唸基本子音，
子音和尾音
一點都不難！

補充子音、尾音

學到這裡，感覺如何？聽到韓語，都能模仿得出來它們的發音了吧？那麼，看到韓文字，你都能唸得出來嗎？來點課程預習吧，請播放 MP3，先跟著一起發音。

 6-6 ╱ 6-10

看到奇怪的子音符號組合了嗎？

說到認字，老師想請同學們看看以下幾個常用韓文單字：

빵（麵包）／ 땀（汗水）／ 싸요 .（便宜。）／

짜요 .（很鹹。）／ 껌（口香糖）

啊……不會吧！不是已經學完基本韓文符號了嗎？它們又是什麼呀……

雖然同學們又遇到了新的符號，但它們並不全然是新的，而是將原有的幾個子音符號重複寫的而已。而且這樣組合出來的符號只有五個：「ㅃ」「ㄸ」「ㅆ」「ㅉ」「ㄲ」。

那麼它們的發音方式呢？你們直接先聽錄音感覺一下：

請播放  6-1

방（房間）/ 빵（麵包）

請播放  6-2

담（圍牆）/ 땀（汗水）

請播放 6-3

사요 .（買。）/ 싸요 .（便宜。）

請播放 6-4

자요 .（睡。）/ 짜요 .（很鹹。）

請播放 6-5

검（劍）/ 껌（口香糖）

怎麼樣？每兩個單字發音之間，聽得出來前者與後者有所不同嗎？沒錯，後者的發音比前者高而且聲音比較大。在此請同學們跟著錄音邊聽、邊唸：

請播放 MP3 6-6

바빠 / 다따 / 사싸 / 자짜 / 가까

以下表格整理了所有韓文的子音符號，以供參考：

ㅁㅂㅍ	ㄴㄷㅌ	ㄹ	ㅅㅈㅊ	ㄱㅋ	ㅎㅇ
ㅃ	ㄸ		ㅆㅉ	ㄲ	

我學過韓語發音，但看到韓文的時候，我還是很糊塗、不知怎麼唸，我都學不好……

其實，同學你已經將韓語發音學得很好，但你有一些誤會，就是將「發音」與「認字」視為同一件事，這是錯誤的！老師從來沒看過學不會發音的同學，不過，認字能力則需要多一點時間。請記住：只要你模仿得了發音，你就已經學會韓語發音了！

✎ 有看到奇怪的尾音符號組合了嗎？ ✎

我們在此章節裡討論過發音與認字，對不對？那麼接下來聽聽看一些常用單字發音，判斷一下會不會感到陌生：

請播放  6-7 ／ 6-8 ／ 6-9

哎喲，這些發音都很容易模仿呢！不都是學過的發音嗎？那麼它們要怎麼寫呢？

⑴ 앞（前面）／옆（旁邊）／무릎（膝蓋）

⑵ 부엌（廚房）／밖（外面）／낚시（釣魚）

⑶ 젓가락（筷子）／옷（衣服）／다섯（五）／
　낮（白天）／꽃（花）／밑（底部）／끝（結束）

老師你在搞什麼呀！為什麼一直出現新的符號！你不是說過韓文文字很簡單嗎 ?!

同學們……冷靜一下。請你們再仔細看看上面單字的尾音符號。並不是全新的，都是你們在前面章節所看過的，只是換位置放到字的下方而已。我在這裡教你們怎麼樣將它們唸出來。

⑴ 앞（前面）/ 옆（旁邊）/ 무릎（膝蓋）

→ 앞 [압] / 옆 [엽] / 무릎 [무릅]

你們還記得「ㅂ」與「ㅍ」是兄弟嗎？它們若放在字的下方，發音方式都是相同的，只要將嘴唇快速閉起來就好。簡單而言，尾音符號「ㅂ」與「ㅍ」的唸法一樣喔！

⑵ 부엌（廚房）/ 밖（外面）/ 낚시（釣魚）

→ 부엌 [부억] / 밖 [박] / 낚시 [낙시]

這些尾音符號也同樣，「ㄱ」「ㅋ」「ㄲ」這三兄弟當尾音符號，它們的發音方式都一樣喔！

⑶ 끝（結束）/ 젓가락（筷子）/ 옷（衣服）/

→ 끝 [끋] / 젓가락 [젇가락] / 옷 [옫]

다섯（五）/ 낮（白天）/ 꽃（花）

→ 다섯 [다섣] / 낮 [낟] / 꽃 [꼳]

接下來⋯⋯「ㅌ」「ㅅ」「ㅈ」「ㅊ」「ㅎ」⋯⋯！老師！我們到底怎麼學得完這麼多又複雜的東西！哎喲～請同學再度冷靜！若遇到沒有學過的尾音符號，將它們全部用「ㄷ」來處

理就對了。試著邊聽邊唸以下的幾個韓文字，不用管它們是什麼意思：

請播放  6-10

맛 / 찾 / 쫓 / 텉 / 좋

老師我要問！

老師騙人！你說韓文字學起來很容易，但為什麼看起來這麼複雜？

呵呵～同學們，老師從沒騙過你們，因為韓文字真的很簡單，尤其是日常生活裡使用的韓文字，真的沒那麼複雜。其實，若你們將第一章到第五章裡面的符號學得扎實，在日常韓語裡已經足夠使用了。還有一點要提醒大家：你們都學會了那麼複雜的「漢字」，哪怕這些簡單的韓文符號呢！

在前面的單元裡，我們一起學會韓文字裡比較特別符號的唸法，接下來請你們做些練習，將更能記憶這些符號的發音方法。

請聽聽老師的發音，

找出代表這些發音的文字。（答案於 step 3 底下）

請播放 MP3 6-11

1. ①비사요	②비싸요	③피사요	④피싸요
2. ①사요	②차요	③싸요	④자요
3. ①사요	②싸요	③차요	④자요
4. ①자요	②차요	③사요	④싸요
5. ①자요	②사요	③차요	④짜요
6. ①차요	②자요	③사요	④짜요
7. ①다파요	②나바요	③다빠요	④나빠요
8. ①바바요	②바빠요	③바파요	④파파요
9. ①처요	②저요	③서요	④써요
10. ①셔요	②서요	③저요	④쳐요

　　目前覺得如何？能將所聽到的發音與文字聯想起來嗎？那麼請接著嘗試，看文字練習發音。

請先看看以下單字，自行唸出它們的發音。

接下來，再聽著老師的 MP3 模仿發音。

請播放 6-12

1.	앞＝前面
2.	옆집＝鄰居
3.	다섯＝五
4.	젓가락＝筷子
5.	낮＝白天
6.	빛＝光
7.	꽃＝花
8.	밑＝底部
9.	끝＝末端；終結
10.	낚시＝釣魚

怎麼樣？前面的練習會不會讓你感到疲累了？那麼何不嘗
試韓式繞口令來輕鬆玩一玩！

請你們先看看以下文字，唸出它們的發音。
接下來，請聽著老師的錄音並模仿其發音。

請播放 MP3 6-13

(1) 저기 저 뜀틀이 내가 뛸 뜀틀인가
　　내가 안뛸 뜀틀인가？
　　（那邊的跳箱是我要跳的還是不要跳的？）

(2) 멍멍이네 꿀꿀이는 멍멍해도 꿀꿀하고，
　　꿀꿀이네 멍멍이는 꿀꿀해도 멍멍한다．
　　（豬聽到狗叫聲還是叫豬聲，狗聽到豬叫聲還是叫狗
　　聲。）

NOTE

Chapter 7

多聽多唸，常用單字與對話開口說

練習開口說

同學辛苦了！一直看文字、唸簡單文字組合，是不是令人感到枯燥乏味呢？在本章節裡我們學習一些實用單字與說法吧！學習方法呢？當然一定得邊聽、邊唸了喔！

✏ 常用單字 ✏

以下老師將列出在不同場合與時機會使用到的韓語單字，請一邊播放 MP3，一邊大聲跟著唸出來。

身分

請播放 7-1

직장인 職場人（上班族）	공무원 公務員	가정주부 家庭主婦
주부 主婦	학생 學生	교사 教師
선생님 先生 —（老師）		

請播放 MP3 7-2

초등학생 初等學生（國小生）	중학생 中學生（國中生）	고등학생 高等學生（高中生）
대학생 大學生	대학원생 大學院生（研究生）	

請播放 MP3 7-3

회사원 會社員（上班族）	점원 店員
승무원 乘務員（飛機、高鐵乘務員）	프리랜서 freelancer（自由業者）

地理、國家、國籍

請播放 MP3 7-4

유럽 Europe（歐洲）	아시아 Asia（亞洲）	아프리카 Africa（非洲）
호주 澳洲	오스트레일리아 Australia（澳洲）	

請播放 MP3 7-5

대만 台灣	타이완 台灣	일본 日本	남한 南韓	북한 北韓
한국 韓國	중국 中國	태국 泰國	미국 美國	영국 英國

請播放 MP3 7-6

베트남 Vietnam（越南）	필리핀 Plilippines（菲律賓）	인도네시아 Indonesia（印尼）
말레이시아 Malaysia（馬來西亞）	싱가포르 Singapore（新加坡）	

請播放 MP3 7-7

몽골 Mongol（蒙古）	독일 Germany（德國）
포르투갈 Portugal（葡萄牙）	브라질 Brazil（巴西）

MP3 7-5 ～ 7-7

스페인 Spain（西班牙）	프랑스 France（法國）
멕시코 Mexico（墨西哥）	우크라이나 Ukraine（烏克蘭）

家族成員

請播放 MP3 7-9

아버지 父親	어머니 母親	아빠 爸爸
엄마 媽媽	할아버지 爺爺、外公	할머니 奶奶、外婆

請播放 MP3 7-10

친할아버지 親 —（爺爺）	친할머니 親 —（奶奶）
외할아버지 外 —（外公）	외할머니 外 —（外婆）

형 兄（男對男：哥哥）	누나 （男對女：姐姐）	오빠 （女對男：哥哥）
언니 （女對女：姐姐）	동생 （弟、妹）	여동생 女 —（妹妹）
남동생 男 —（弟弟）		

남편 男便（先生）	아내 （太太）	와이프 wife（太太）
친구 親舊（朋友）	남자친구 男子 —（男朋友）	여자친구 女子 —（女朋友）

친척 親戚	친척 언니 親戚姐姐	친척 오빠 親戚哥哥	친척 누나 親戚姐姐
친척 형 親戚哥哥	친척 동생 親戚弟、妹	친척 여동생 親戚妹妹	친척 남동생 親戚弟弟

MP3 7-11 ～ 7-13

請播放 7-14

전화 電話	핸드폰 hand-phone（手機）
스마트폰 smart-phone（智慧型手機）	컴퓨터 computer（電腦）
노트북 컴퓨터 notebook computer（筆記型電腦）	태블릿 피시 tablet PC（平板電腦）

請播放 7-15

텔레비전 television（電視）	냉장고 冷藏庫（冰箱）	세탁기 洗濯機（洗衣機）
선풍기 扇風機（電風扇）	에어컨 air-con（空調）	진공청소기 真空清掃器（吸塵器）

請播放 7-16

책상 冊床（書桌）	의자 椅子	소파 sofa（沙發椅）
침대 寢臺（臥床）	欌（衣櫥） 옷장	책장 冊欌（書櫃）

 7-14 ～ 7-16

場所、地點

請播放 MP3 7-17

학교 學校	학원 學院（補習班）	직장 職場
회사 會社（公司）	공장 工廠	주유소 注油所（加油站）

請播放 MP3 7-18

가게 店	백화점 百貨店（百貨公司）	식당 食堂（餐廳）
음식점 飲食店（餐廳）	편의점 便宜店（便利商店）	

請播放 MP3 7-19

슈퍼마켓 super market（超市）	마트 mart（量販店）	노점 路店（路邊攤）
서점 書店	노래방 房（KTV）	피시방 PC 房（網咖）

집 家	기숙사 寄宿舍（學校、工廠宿舍）
시장 市場	야시장 夜市場（夜市）
전통시장 傳統市場	재래시장 在來市場（傳統市場）

位置

위 上	아래 下	앞 前
뒤 後	안 內	밖 外

왼쪽 左邊	오른쪽 右邊	이쪽 這邊	저쪽 那邊

請播放 7-23

영화 映畫（電影）	연극 演劇（舞台劇）
드라마 drama（電視劇）	텔레비전 프로그램 television program（電視節目）
예능 프로그램 藝能 program（綜藝節目）	

請播放 7-24

보드 게임 board game（桌遊）	스마트폰 게임 smart-phone game（手機遊戲）
컴퓨터 게임 computer game（電腦遊戲）	카드 게임 card game（玩牌遊戲）
마작 麻雀（麻將）	애프터눈티 afternoon tea（下午茶）

請播放 7-25

농구 籠球（籃球）	배구 排球	야구 野球（棒球）
축구 蹴球（足球）	탁구 桌球	당구 撞球

請播放 7-26

볼링 bowling（保齡球）	테니스 tennis（網球）
스쿼시 squash（壁球）	라켓볼 racket ball（壁球）

請播放 7-27

수영 水泳（游泳）	유도 柔道	레슬링 wrestling（摔跤）
우슈 武術（中國傳統武術）	태권도 跆拳道	합기도 合氣道

요가 yoga（瑜珈）	필라테스 pilates（皮拉提斯）
웨이트 트레이닝 weight training（重量訓練）	러닝 running（跑步）
유산소운동 有酸素運動（有氧運動）	에어로빅 aerobic（韻律體操）

交通工具

오토바이 autobi（摩托車）	스쿠터 scooter（摩托車）
자동차 自動車（汽車）	자전거 自轉車（腳踏車）

택시 taxi（計程車）	버스 bus（公車）	전철 電鐵（地鐵、捷運）
기차 汽車（火車）	고속철 高速鐵（高鐵）	비행기 飛行機（飛機）
배 船		

身體

몸 身體	가슴 胸	등 背
배 腹	허리 腰	옆구리 腰側

請播放 7-32

머리 頭	얼굴 臉	목 脖子、頸
눈 眼睛	코 鼻子	입 口
귀 耳朵	이마 額頭	볼 臉頰

請播放 7-33

손 手	손목 手腕	손가락 手指
발 腳	발목 腳踝	발가락 腳趾

請播放 7-34

어깨 肩膀	팔 手臂	팔꿈치 手肘
다리 腿	무릎 膝蓋	종아리 小腿的腓肌

MP3　7-32 ～ 7-34

쌍까풀	외까풀	눈썹	속눈썹
雙眼皮	單眼皮	眉毛	睫毛

數字

請播放 7-36

하나	둘	셋	넷	다섯
一	二	三	四	五
여섯	일곱	여덟	아홉	열
六	七	八	九	十

請播放 7-37

일	이	삼	사	오
一	二	三	四	五
육	칠	팔	구	십
六	七	八	九	十

請播放 MP3 7-38

백 百	천 千	만 萬	십만 十萬	백만 百萬
천만 千萬	억 億	십억 十億	백억 百億	천억 千億

時間

請播放 MP3 7-39

한시 一時	두시 兩時	세시 三時	네시 四時
다섯시 五時	여섯시 六時	일곱시 七時	여덟시 八時
아홉시 九時	열시 十時	열한시 十一時	열두시 十二時

月份

請播放 7-40

일월 一月	이월 二月	삼월 三月	사월 四月
오월 五月	유월 六月	칠월 七月	팔월 八月
구월 九月	시월 十月	십일월 十一月	십이월 十二月

星期

請播放 7-41

월요일 月曜日（週一）	화요일 火曜日（週二）	수요일 水曜日（週三）
목요일 木曜日（週四）	금요일 金曜日（週五）	토요일 土曜日（週六）
일요일 日曜日（週日）		

日子

請播放  7-42

그제 前天	어제 昨天	오늘 今天
내일 來日（明天）		모레 後天

年

請播放  7-43

재작년 再昨年（前年）	작년 昨年（去年）	올해 （今年）
내년 來年（明年）		후년 後年

　　怎麼樣？韓語單字的發音，模仿起來不難吧？那就好！接下來我們一起練習一些常用口語說法，和前面相同，請你們仔細聽、勤發音。

  7-42 ～ 7-43

✏️ 常用說法 ✏️

開始學習之前老師有一個叮嚀：以下說法的文字之間你們
會看到空格，請你們別管空格，僅專注於發音。（韓文空格雖
然有一定的使用規則，但也有許多約定俗成的使用法，而這些
部分，你們會在基礎與中級韓語文課程裡學到，因此同學們在
現階段不用浪費時間在空格使用規則上。）

社交、打招呼

請播放 7-44

안녕하세요 . / 안녕하십니까 .
您好。

처음 뵙겠습니다 .
初次相見幸會。

반갑습니다 . / 만나서 반갑습니다 .
幸會。

잘 부탁드립니다 .
請多指教。

請播放 7-45

어디 분이세요? 您是哪裡的人?	무슨 일 하세요? 您從事什麼行業?

請播放 7-46

안녕히 가세요. 主人對客人:再見。	안녕히 계세요. 客人對主人:再見。

다음 주에 봐요. / 다음 주에 만나요.
下週見。

주말 잘 보내세요. / 주말 잘 지내세요.
週末愉快。

請播放 7-47

잘 있었어요?
近來都好嗎?

주말 잘 보냈어요? / 주말 잘 지냈어요?
週末過得好嗎?

MP3   7-45 ～ 7-47

人物介紹

請播放 7-48

(저는) 타이완 사람이에요 . 我是台灣人。	(저는) 대만 사람이에요 . 我是台灣人。

請播放 7-49

(저는) 학생이에요 . 我是學生	(저는) 직장인이에요 . 我是上班族。
(저는) 공무원이에요 . 我是公務員。	(저는) 주부예요 . 我是家庭主婦。
(저는) 프리랜서예요 . 我是自由業者。	

請播放 7-50

(저는) 지금 쉬어요 . 我正在休息；我正在待業中。	(저는) 퇴직했어요 . 我退休了。

日常生活

請播放 7-51

공부해요 . 功夫 —（學習。）	일해요 . 上班；工作。	운동해요 . 運動。
휴식해요 . 休息 —（休息。）	쉬어요 . 休息。	

請播放 7-52

요리해요 . 料理—（做菜）	음식해요 . 飲食—（做菜。）	친구 만나요 . 與朋友見面。
자요 . 睡覺。	일어나요 . 起床。	

飲食

請播放 7-53

맛있어요 . 好吃。	맛없어요 . 不好吃。	셔요 . 酸。	달아요 . 甜。
써요 . 苦。	매워요 . 辣。	짜요 . 鹹。	

MP3　7-51 ～ 7-53

떫어요 .	싱거워요 .	비려요 .
澀。	不夠味；不夠濃。	腥。
담백해요 .	느끼해요 .	자극적이에요 .
淡白 ―（清淡。）	油膩。	刺激的 ―（刺激。）
부드러워요 .		
柔順；順口。		

물렁물렁해요 .	쫄깃쫄깃해요 .	바삭바삭해요 .
軟。	有嚼勁。	脆。
딱딱해요 .	진해요 .	연해요 .
硬。	津 ―（濃。）	軟 ―（淡。）

이상해요 .	냄새 이상해요 .	맛 이상해요 .
異常 ―（奇怪。）	氣味奇怪。	味道奇怪。
뜨거워요 .	차가워요 .	따뜻해요 .
很燙。	冰冷。	溫。
시원해요 .		
涼。		

請播放 **7-57**

텔레비전 봐요 . 看電視。	영화 봐요 . 看電影。	드라마 봐요 . 看電視劇。
비디오 봐요 . 看影片。	연극 봐요 . 看舞台劇。	음악 들어요 . 聽音樂。
콘서트에 가요 . 去聽演唱會。	콘서트 봐요 . 聽演唱會。	

請播放 **7-58**

게임 해요 . 玩遊戲。	보드게임 해요 . 玩桌遊。
스마트폰 게임 해요 . 玩手遊。	컴퓨터 게임 해요 . 玩電腦遊戲。
카드 게임 해요 . 玩牌。	마작 해요 . 打麻將。
애프터눈티 먹어요 . 喝下午茶。	파티 해요 . 開派對。

백화점 구경해요. 逛百貨公司。	시장 구경해요. 逛市場。
야시장 구경해요. 逛夜市。	마트 구경해요. 逛大賣場。
시내 구경해요. 逛市區。	여기저기 구경해요. 到處逛。

感想、意見

請播放 [MP3] 7-60

재미 있어요. 好玩；有趣。	재미 없어요. 不好玩；無趣。
긴장감 있어요. 緊張感 —（有緊張感。）	스릴 있어요. thrill —（有 thrill；很刺激。）

請播放 [MP3] 7-61

무서워요. 可怕；恐怖。	지루해요. 無聊。	웃겨요. 好笑。	슬퍼요. 難過。

外貌、個性

請播放 7-62

잘생겼어요. 好看；帥。	못생겼어요. 難看；醜。	예뻐요. 漂亮。
귀여워요. 可愛。	멋있어요. 有帥氣。	

請播放 7-63

착해요. 善良；乖。	친절해요. 親切 －（親切。）	적극적이에요. 積極的 －（積極。）
소극적이에요. 消極的 －（消極。）	외향적이에요. 外向的 －（外向。）	내성적이에요. 內省的 －（內向。）

色彩、大小

請播放 7-64

밝아요. 亮。	어두워요. 暗。	진해요. 津 －（深。）	연해요. 軟 －（淺。）

커요 . 大。	작아요 . 小。	길어요 . 長。
짧아요 . 短。	타이트해요 . tight ─（緊。）	헐렁해요 . 鬆。

交通

어떻게 가요 ? 怎麼去？	버스 타요 . 搭公車。
택시 타요 . 搭計程車。	기차 타요 . 搭火車。
비행기 타요 . 搭飛機。	자동차 타요 . 搭車。
오토바이 타요 . 騎摩托車。	

가까워요 . 近。	멀어요 . 遠。	얼마나 걸려요 ? 要多久？
오래 걸려요 . 要很久。	얼마 안 걸려요 . 不會很久。	다 왔어요 ? 到了嗎？
다 왔어요 . 到了。		

買賣

請播放 7-68

얼마예요 ? 多少錢？	가격 얼마예요 ? 價格多少？
어디에서 샀어요 ? 哪裡買的？	어디에서 팔아요 ? 哪裡賣？

請播放 7-69

비싸요 . 貴。	싸요 . 便宜。	안 비싸요 . 不貴。	안 싸요 . 不便宜。

 MP3 7-67 ～ 7-69

請播放 MP3 7-70

가성비 높아요 . 價性比 一（CP 值高。）	경제적이에요 . 很經濟。
좀 깎아 주세요 . 算便宜一點好嗎？	

天氣

請播放 MP3 7-71

더워요 . 熱。	추워요 . 冷。	따뜻해요 . 暖。
시원해요 . 涼。	습해요 . 濕 一（潮濕。）	건조해요 . 乾燥 一（乾燥。）

請播放 MP3 7-72

맑아요 . 晴朗。	흐려요 . 陰天。	비 와요 . 下雨。
눈 와요 . 下雪。	바람 불어요 . 刮風。	

請播放 MP3 **7-73**

건강해요 . 健康 —（很健康。）	몸 안 좋아요 . 身體不好。	아파요 . 痛；不舒服。
머리 아파요 . 頭痛。	배 아파요 . 肚子痛。	허리 아파요 . 腰痛。

請播放 MP3 **7-74**

감기 걸렸어요 . 感氣 —（感冒了。）	열 나요 . 熱 —（發燒。）	기침 해요 . 咳嗽。
코 막혀요 . 鼻塞。	재채기 해요 . 打噴嚏。	

請播放 MP3 **7-75**

간지러워요 . 癢癢的。	가려워요 . 癢癢的。
알레르기 있어요 . Allergy —（有過敏症。）	

怎麼樣？一直聽韓文字與句子的錄音，會不會很累？那麼轉換心情，來玩韓式繞口令吧！

請你們先看看以下文字，唸出它們的發音。

接下來，請聽著老師的錄音並模仿其發音。

請播放 MP3 7-76

(1) 들의 콩깍지는 깐 콩깍지인가 안 깐 콩깍지인가？
（田野裡的豆子是剝殼的還是沒剝殼的？）

(2) 철수책상은 철책상
（哲秀的書桌是鐵書桌。）

你是勤勞地洗衣服，
還是優雅地跳芭蕾？

發音技巧與變化分析

恭喜大家走到第八章的內容了！在最後章節裡我們只剩下調整發音的過程。如何微調呢？當然要多聽、多模仿發音了！

　　本章所練習的發音，全部都是高老師在教韓語的過程中所蒐集的，皆是同學們覺得不容易模仿、難以分辨或容易唸錯，而且每一個說法都是常用的，所以希望你們有空可以多聽MP3、模仿發音來加強你的韓語發音基礎。

　　不過，洗衣服和跳芭蕾舞，與易錯的發音有什麼關係呢？同學聽聽看以下老師的發音，就知道了。

✏️ 容易搞混的韓語單字與發音 ✏️

🎧 **邊聽邊念**　　請同學一邊聽 MP3，一邊跟著老師唸。

請播放 8-1

발레 해요.　ballet ―（跳芭蕾。）/ 빨래 해요.　洗衣服。

사요.　買。/ 싸요.　便宜。

어제　昨天 / 언제　何時

야구　野球（棒球）/ 약국　藥局

세일　sale（打折活動）/ 생일　生日

시장　市場 / 식장　式場（禮堂）

怎麼樣？聽老師的發音時應該聽得出前者與後者之間的不同之處吧？同學們也要一邊聽一邊跟著發音喔～

◖◗ 認字朗讀 請同學們試著邊看、邊唸以下單字的發音。

請播放 MP3 8-2

서요. 停止腳步；站起來。/ 써요. 寫；苦；消費。

자요. 睡覺。/ 짜요. 鹹。/ 차요. 冰冷。

일본 日本 / 일번 一番（一號）/ 일분 一分（一分鐘）

매주 每週 / 맥주 麥酒（啤酒）

당구 撞球 / 탁구 桌球

怎麼樣？對於認字與唸字都有信心嗎？……當然不太可能！因為認字及唸字的能力真的需要很長的時間才能鞏固。可是，這是個問題嗎？當然不是！請記得：只要你能夠邊聽、邊唸，你已經學會韓語發音了！本章節接下來的內容，請同學們將重點放在聽說能力，至於認字能力，慢慢來就好。

✏️ 連音 ✏️

在本節我們嘗試像流水般發音的技巧。先請模仿老師錄製的 MP3。

👂 邊聽邊念 請同學一邊聽 MP3，一邊跟著老師唸。

請播放 **8-3**

음악	音樂	분위기	氛圍氣（氣氛）
한국음식	韓國飲食（韓國菜）	맛있어요.	好吃。
깎아 주세요.	算便宜一點好嗎？		

怎麼樣？要模仿發音應該沒問題吧？那麼請你們再看看模仿過發音的韓文字。有沒有發現實際發音與寫法之間有差異？因為要唸這些韓語單字，就必須使用「連音」技巧！

韓語的「連音」技巧是什麼？

請記得這一點：若前面的字有尾音符號＆後面字的頭為「○」

➡ 前面字的尾音符號完全移到後面字「○」的
位置上。

請看以下例子：

음악 [으 - ㅁ악] → [으막]

분위기 [부 - ㄴ 위기] → [부뉘기]

맛있어요. [마 - ㅅ이 - ㅆ어요.] → [마시써요.]

怎麼樣？看得出來發音原理吧？這就是所謂「連音」。

若你們懂了如何處理「連音」，不妨練習看看以下幾個單
字與說法。

請播放 MP3 8-4

인연이에요!　人緣 —（是緣分呢！）

한국음악　韓國音樂　　　　대만음악　台灣音樂

한국음식　韓國菜　　　　　대만음식　台灣菜

단 음식　甜食　　　　　　하고 싶어요.　想做。

같아요.　一樣。　　　　　알아들어요.　聽得懂。

멋있어요.　很帥。

老師我要問！

「음」到底怎麼唸啊？

　　很多同學看到「음」一字，很急著將嘴唇閉合，接著哼聲。然而，這是不正確的方式，因為看到韓文字時，必須要按照順序發音：

> 으
> ㅁ
>
> (1) 先完整地唸上面的字
> (2) 接著照尾音符號發音

　　看起來不是很清楚吧？那麼請你們聽聽看老師放慢速度的發音，抓好其技巧喔～

請播放 [MP3] 8-5：으－ㅁ　으－ㅁ　으－ㅁ

　　另外，請同學們注意「음악 [으막]」的發音，因為這是其他同學們感到最困難的發音之一。

請播放 [MP3] 8-6：[으-막　으-막　으-막]

為什麼「ㅎ」不見了

在本節要練習的是「ㅎ」在不同位置的發音差異。請同學一邊聽 MP3，一邊跟著老師唸。

🦻 邊聽邊念　請同學一邊聽 MP3，一邊跟著老師唸。

請播放 MP3 8-7

새 해　新年	노래해요.　唱歌。
전시회　展示會（展覽）	특별해요.　特別 —（特別。）
은행　銀行	안녕하세요.　安寧 —（您好。）
다행이에요.　多幸 —（很幸運。）	일해요.　工作；上班。
결혼　結婚	

哈！雖然能模仿得了老師錄製的 MP3，但這些韓文字是怎麼了?!為什麼似乎都聽不到「ㅎ」的發音呢？同學你聽得沒錯，而且你的聽辨能力很不錯呢！老師根本就是忽略了「ㅎ」的發音呢！到底為什麼呀？

你為什麼沒有唸「ㅎ」？

　　若單字與常用說法裡出現「ㅎ」，它幾乎都會被忽略、不會唸出來。但請注意，如果它出現在單字的第一個字，還是要唸出來唷。請聽 MP3 做比較。

請播放 MP3 8-8：해요 .（做）/ 일해요 .（上班。）

　　　　　　　　　　휴가（休假）/ 연휴（連假）

請播放 MP3 8-9

오해했어요!　誤解 ——（誤會了！）

결혼했어요.　結婚—（結婚了。）

결혼식　結婚式（婚禮）

신선해요.　新鮮。

비행기　飛行機（飛機）

문화　文化

유행해요.　流行 —（很流行。）

확실해요.　確實—（確定。）

송년회　送年會（尾牙）

친절해요.　親切 —（很親切。）

올해　今年

✏️ ⏤ㅣ 的不同唸法 ✏️

　　在本節要練習的是「ㅣ」在不同位置的發音差異。請同學一邊聽 MP3，一邊跟著老師唸。

邊聽邊念　請同學一邊聽 MP3，一邊跟著老師唸。

請播放 8-10

회의	會議	한의원	韓醫院（中醫診所）
의견	意見	의사	醫師

「ㅢ」的發音怎麼都不一樣了？

(1) 出現於第一個字的「ㅢ」，就得照著「ㅢ」來唸：

　　의사 / 의자 / 의리

(2) 若不是出現在第一個字，就要唸成 [ㅣ]：

　　회의 [홰이] / 한의원 [하니원]

(3) 表達「~ 的」的「의」，以 [ㅔ] 來唸（但該用法多
　　出現於書面語）：

　　父親的車子 아버지의 자동차 [아버지에 ~]

　　我們的祈願 우리의 소망 [우리에 ~]

請播放 8-11

회의해요. 會議 —（開會。） 주의하세요. 注意 —（請注意。）

의외예요. 以外 —（很意外。） 의의　意義

의자　椅子

奇怪的尾音符號組合

在本節要練習的是合成尾音符號的發音唸法。接下來，請同學們試著邊看、邊唸以下單字的發音。

 邊聽邊念　請同學一邊聽 MP3，一邊跟著老師唸。

請播放 8-12

많이 있어요. 有很多。　싫어해요. 不喜歡；討厭。

귀찮아요. 很麻煩。　밝아요. 很亮。

없어요. 沒有。

沒有看過這些尾音符號！老師你是不是忘了教？

請同學先冷靜，直接看看以下表格內容：

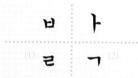

若前面的字出現以上結構，而後面的字是以「ㅇ」開頭的，前面的字使用 (1) 的符號，而 (2) 的符號移到後面「ㅇ」的位置。

例子：밝아요. → [발 - ㄱ 아요] → [발가요]

없어요. → [업 - ㅅ 어요] → [업서요]

많이 → [만 - ㅎ 이] → [마니]

（還記得「ㅎ」會被省略吧？）

認字朗讀 請同學們試著邊看、邊唸以下單字的發音。

請播放 MP3 8-13

많아요. 很多。　　　　　　많이 없어요. 沒有很多。

넓어요. 寬廣。　　　　　　맑아요. 晴朗。

닮았어요. 長得很像。　　　읽어요. 閱讀。

✏️ 尾音符號「ㅅ」也會變成「ㄷ」✏️

 邊聽邊念 請同學一邊聽 MP3，一邊跟著老師唸。

請播放 MP3 8-14

맛없어요. 不好吃；難吃。　　못 와요. 不能來。

못 알아들어요. 聽不懂。

若你懂得怎麼使用連音來唸單字，看到以上文字會不會感到錯愕？高老師也這麼覺得呢！因為韓語裡有不少違背發音規則的唸法。然而，請同學們不要太在意：一來，這種情形並沒那麼多；二來，學一種語言，重要是先能聽說，至於該怎麼寫，慢慢記背就好。

以上介紹的幾個常用說法的實際發音，我們如下理解吧：

맛 → ［맏］없어요 → ［마-ㄷ 업서요］ → ［마덥서요］
못 와요 . → ［몯］와요 → ［모-ㄷ 와요］ → ［모돠요］

為什麼「맛있어요 .（好吃。）」沒有按照上面的說明唸？

其實「맛있어요 .」有兩種唸法：［마시써요］ or ［마디써요］

雖然高老師本身是用 ［마시써요］ 來唸，但高老師的父親
總是用 ［마디써요］ 來說的。那麼哪一個是正確？沒有正不正
確，兩種發音都可以。

高老師叮嚀同學：學一種外語，不要過度拘泥於規則，
這樣學習，過程反而變得頭痛、不好玩了。

請播放 MP3 8-15

멋없어요.　不帥。

못 일어나요.　無法起床；無法起立。

못 왔어요.　不能來。

✏️ 「ㄹ」的兩種發音 ✏️

請播放 MP3 8-16

멀리　遠		머리　頭
달라요.　不同。		달아요.　甜。
놀라요.　驚訝。		놀아요.　玩。
잘라요.　切。		자라요.　成長。
길러요.　養育。		길어요.　長。
몰라요.　不知道。		알아요.　知道。

「ㄹ」好像有兩個不同唸法，為什麼？

　　沒有錯，遇到「ㄹ」時，我們得注意，因為它會產生兩種不同唸法。

　　第一種唸法，是同學們都會唸的：멀리 / 달라요 . / 몰라요 .

　　然而，對於第二種唸法，大部分的同學們都感到困難：머리 / 달아요 . / 알아요 .

　　差別在哪？就是「ㄹ」出現的次數。

　　(1) 若出現兩次，這是同學們都會唸的：

　　　　멀리 / 달라요 . / 몰라요 .

　　(2) 若出現一次，請同學們將舌頭硬起來：

　　　　머리 / 달아요 . / 알아요 .

　　為了第二種唸法，有一個練習方法。請同學們聽老師的 MP3，練習相似「抖舌尖」的發音。

　　請播放 MP3 8-17：rrrrr~　　rrrrr~　　rrrrr~

請播放 MP3 8-18

빌려요.	租借。	빌어요.	祈求。
걸어요.	走。	걸려요.	花時間。
놀라요.	驚訝。	놀아요.	玩。
잘라요.	切。	자라요.	成長。
오래 걸어요.	走路很久。	오래 걸려요.	花很多時間。
잘 어울려요.	很相配;好看。	안 어울려요.	不配;不好看。
할 줄 알아요.	會做。	할 줄 몰라요.	不會做。
감기 걸렸어요.	感冒了。		

✏ 「ㄴ」變成「ㄹ」的情形 ✏

請播放 MP3 8-19

원래	原來	분량	份量
일년	一年	전람회	展覽會(展覽)
잘 나가요.	很紅;很賣座。	배탈났어요.	鬧肚子了。

為什麼「ㄴ」變成「ㄹ」？

同學們要模仿這些發音絕對沒有問題，但仔細觀察以上文字，實在是搞不懂為什麼會這樣唸？其實沒那麼複雜：只要是「-ㄴ&ㄹ-」或「-ㄹ&ㄴ-」的前後關係，都會變成[-ㄹ&ㄹ-]的發音。

　　例子：원래 = 워-ㄴ래 → [월래]
　　　　잘 나가요. = 자-ㄹ 나가요 → [잘라가요]

●● 認字朗讀　請同學們試著邊看、邊唸以下單字的發音。

請播放 8-20

실내　室內　　　　　　　　　훈련　訓練

관리해요.　管理。　　　　　　열 나요.　熱一（發燒。）

편리해요.　便利一（方便。）

「ㅎ」產生的發音上的變化

請播放 8-21

복잡해요. 複雜 ―（複雜。）　　따뜻해요. 暖。

백화점　百貨店（百貨公司）　　길 막혀요. 馬路堵塞。

성숙해요. 成熟 ―（成熟。）　　약혼했어요. 約婚 ―（訂婚了。）

익숙해요. 很熟悉。　　　　　　부족해요. 不足 ―（不夠。）

　　唸完了嗎？老師想，你們的發音肯定很接近我的發音了！那麼接著觀察一下剛唸過的發音是怎麼文字化的：你又會發現，寫的和唸的不一樣了。這是為什麼呢？

這裡的說法文字裡都包含「ㅎ」，是不是與此有關？

　　同學你猜得沒有錯！只要是比較「硬」的尾音符號（如：[ㅂ]、[ㄷ]、[ㄱ]）與「ㅎ」碰撞，都會產生較「粗暴」的發音。

例子：

- ㅂ + ㅎ - → [ㅍ]：복잡해요. = 복자 - ㅂ 해요 → [복자패요]
- ㄷ + ㅎ - → [ㅌ]：따뜻해요. = 따뜨 - ㅅ 해요 → [따뜨태요]
- ㄱ + ㅎ - → [ㅋ]：부족해요. = 부조 - ㄱ 해요 → [부조캐요]

◑◐ 認字朗讀　請同學們試著邊看、邊唸以下單字的發音。

請播放 **8-22**

약혼　約婚（訂婚）	염색해요.　染色 —（染色；染髮。）
퇴직하셨어요.　退職 —（退休了。）	회식해요.　會食 —（聚餐。）
못 해요.　不能做。	약혼자　約婚者（訂婚的夫妻）
약혼식　約婚式（訂婚典禮）	음악회　音樂會
습해요.　濕 —（潮濕。）	따뜻해요.　暖。

變柔軟的發音現象

🎧 邊聽邊念　　請同學一邊聽 MP3，一邊跟著老師唸。

請播放 8-23

옛날　昔日	십육　十六
끝났어요.　結束了。	불꽃 놀이　煙火
박물관　博物館。	작년　去年
고맙습니다.　謝謝。	업로드 해요.　upload一（上傳。）

請看一看剛剛模仿過的發音是怎麼寫的，令你疑惑了吧？

這次可找不出來這些說法有什麼共同點了呢 ?!

　　同學，辛苦你的眼睛了！老師來幫你解惑：

　　若是較「硬」的尾音（如：[ㅂ]、[ㄷ]、[ㄱ]）與較「柔」的子音（如：[ㅁ]、[ㄴ]、[ㄹ]、[ㅇ]）碰撞，前面硬的會輸給後面柔的，因此發音會變成柔的。蝦米？什麼意思呢？請你看看以下的例子。

　　-ㅂ+柔-→[ㅁ]：
　　고맙습니다. = 고맙스-ㅂ니다 → [고맙습니다]

　　-ㄷ+柔-→[ㄴ]：
　　끝났어요. = 끄-ㅌ나-ㅆ어요 → [끈나써요]

　　-ㄱ+柔-→[ㅇ]：
　　작년 = 자-ㄱ년 → [장년]

請播放 8-24

구십육 년　九十六年　　　십년　十年

못 먹어요.　不能吃。　　　못 마셔요.　不能喝。

콧물　鼻涕　　　　　　　국물　湯水

마지막 날　最後一天　　　학년　學年（年級）

먹는 거　吃的東西；食物　　맛있는 거　好吃的東西；美食

감사합니다.　感謝—（感謝您。）

잘 부탁드립니다.　付託—（請多指教。）

입맛 없어요.　沒胃口。

✏️ 包含「몇」的發音 ✏️

　　韓文「몇」，只要與其他單字一起唸，都有不同唸法，可以用多聽、多模仿來練習。請同學一邊聽 MP3，一邊跟著老師唸。

請播放 MP3 8-25

몇년 몇월　幾年幾月　　　　몇시 몇분　幾點幾分

몇호　號（幾號）　　　　　몇날　幾天

몇년생이에요？　年生 —（幾年次的？）

✏️ 發音怎麼變得很重了呢？ ✏️

　　走了漫長的路，同學你辛苦了！終於到了本章節的最後，加油！「파이팅！」

請播放 MP3 8-26

밥 주세요.　給我飯吃。　　　늦게　晚

생각보다　比我想的　　　　약속　約束（約定）

약속했어요.　約定了。　　　악기　樂器

這裡的子音怎麼唸起來變重了呢？

同學你還記得前面所提及的較「硬」的尾音嗎（如：[ㅂ][ㄷ][ㄱ]）？若這些尾音後面出現不柔和的子音（[ㅁ][ㄴ][ㄹ][ㅇ]之外的子音），這兩者有相互作用之下，後面的子音會變得很「重」，有的老師會解釋為硬音化。

請你看看以下的模式：

- ㅂ + 不柔和 - ：밥 주세요 . = 바 - ㅂ 주세요 → [밥쭈세요]
- ㄷ + 不柔和 - ：늦게 = 느 - ㅈ 게 → [느께 / 늗께]
- ㄱ + 不柔和 - ：악기 = 아 - ㄱ 기 → [아끼 / 악끼]

這個發音規則，若理論化，反而會令人感到頭昏眼花了，所以請同學們乾脆多聽、多模仿來產生語感比較有利於以後的會話學習喔！

認字朗讀 接下來，請同學們試著邊看、邊唸以下常用的說法。

請播放 MP3 8-27

숙박 宿泊（住宿）　　　　낮밤 畫夜

낮잠 午覺　　　　　　　학생 學生

직장 職場　　　　　　　극장 劇場

웃겨요. 好笑。

在此章節裡介紹的發音現象，實在複雜、又難以記背吧？沒關係，老師還是建議同學們先多聽、多模仿來學發音比較實際。這樣練習久了，你會自然地產生語感，以後連這些規則都不需知道，卻能說得很流利。

只要學好發音，就會很喜歡說韓語

高老師非常注重發音

老師非常注重每一個字母的發音，也非常留意學生在唸單字時所產生的連音或是其他發音規則變化，就算至今已學習屆滿一年時間，針對發音錯的地方，老師還是會先停下來幫大家釐清或做比較。因為發音的不同，有可能造成單字傳達不一樣的意思，所以我想這可能是老師非常注重發音的原因。

此外，除了發音，老師在不偏離課本教學的主軸之下，讓我們有機會在每一堂課上說韓語。也因此，每位同學都會說到與自己生活層面相關的韓語。老師也會進而延伸新的或是需要注意的句型及單字，讓我們學到課本以外的內容，不管是韓國人的說話習慣，甚至是背後較深的文化背景等多層面的韓語。

最大的收穫和改變

從小接觸的外文就是英文，而英語的學習方式都是考試導向，所以造成自己明明已經學習了英文十幾年，就算有機會在國外面對外國人，連問路也不敢開口的情況。當下定決心要學習韓文的時候，就決定要以口說為導向來學習，因為不希望興趣又變成了為考試而去準備或學習，也不喜歡照課本按表操課。剛好老師的教學方式也是如此，而且重點放在學生個人的生活，所以除了自己的日常生活，也可以藉由其他同學的經驗學習到不同的句型、文法和單字。

不再害怕開口說

而上課這段時間（約11個月），我又有機會再去一趟韓國，在旅遊途中，心想同時驗收看看自己的學習效果，發現其實已經能夠達到溝通的目的，甚至可以聊聊天。在這趟旅途中，反而不害怕開口說，而是想盡辦法要找機會跟當地人交流的心態。

我覺得，老師將學習環境營造成口說成自然的情形，提升了我不少的信心，這是我最大且與以往學習外語最不同的地方。

勻汝

注重發音正確性

我是高老師的學生，已經上了老師近兩年的課程。
從入門的發音開始，到目前的中級口說，
老師非常注意發音的正確性。
老師也透過聽力要求我們反覆辨別發音、
透過口說反覆練習與習慣發音。
透過老師循序漸進的課程設計，一定能夠學好發音！

陳小姐/政治工作者

這是過去從未有過的學習經驗

學習韓文的過程中，最頭痛的就是發音，而針對容易混淆的發音，老師除了會以舌頭放置位置不同作說明外，也會合併注音符號的發音方式去作澄清，讓我們去更清楚的辨別發音的不同，這是與我之前在外面補習班學習時沒有的經歷，而且在課堂中，老師也會讓我們去聽及比較正確與錯誤發音，然後反覆讓我們練習發音。

陳小姐/護士

可以快速對話，超有成就感

高老師教學重視基礎口語表達能力，視學生程度給予適量的單字與文法，上課當中以韓國人日常使用頻率最高的語句教學，使我們在學習過程中很快得以與韓國人進行簡單的對話甚至書信往來，非常謝謝高老師的教導！

李小姐/出版業

打破我們學習的死角

跟著高老師學習韓文，已經超過一年的時間。
高老師糾正我們的發音與句法結構，以及對於容易混淆之文法運用，還有學習之邏輯，都相當仔細與準確。
上班族自習的時間零碎鬆散，高老師使用電腦筆記的上課方式，讓我更有效率地整理課堂筆記，完成複習。
課程中，讓我們針對錯誤的地方，一次又一次的（口語）練習，直至正確的方式讓我可以快速精確地打破學習死角，能夠事半功倍地學習。
相同的方式用在學習其他語言也相對有效，跟著高老師，學到了學習（外國語言）的方式，而非只是單純學習韓文，使我獲益良多。

孫瑩茹/科技服務業

就算是高階班也受用

高老師能用最簡單易懂易記的方式，不論是圖形、手勢、表情，或類似發音的用字來加強發音的印象，同義字或反義字，一組一組的背誦，運用情境聯想的方式，讓發音不容易忘記，字彙記憶也增加得很快。高老師上課的同時，不斷地複習、練習、糾正與提醒，讓我對韓語發音，不再畏懼，不再混淆難懂，受益良多！

哈哈，我考過TOPIK II 才上高老師的發音課，卻仍覺得有如初學者般，如海綿般強力吸收學習!

王小姐/製造業

高老師是學韓語的一道光

我是一個愛看韓劇、愛吃韓食、愛用韓貨的職業婦女，上班之餘還要照顧小孩的我，當然很重視「效率」這件事，所以，當我決定要學習韓文，我就開始認真地survey……

畢竟學外語，找對老師可是很重要的！我可不想花費了我這麼珍貴的時間去學習，得到的卻是半調子的成果，安堆安堆!!

就在某次的web surfing中……我發現了高俊江老師，這彷彿讓我看到一道光！

網路上這麼寫著：

高老師的教學很生動，在他的課堂上常有口說機會，幾乎每堂課都會讓你與同學練習會話。光是看到這幾行字，我立馬決定就是他了！看完老師的學經歷後，更是讓我手刀去報名上課，沒多久後，我就出現在高老師的課堂上啦！

佩育/職業婦女

獨門學習法太特別了

我至今已上高老師的課一年兩個月了，老師的教學很生動，不死板，尤其是發音課程最令我amazing，我想我可能一輩子都不會忘記——高老師獨門的母音學習法，真的太特別了，特別到我覺得這個人也太聰明了吧，竟然可以想出這種教學法，我想如果世宗大王在世，高老師應該會是正一品大人之流!!!

現在高老師即將出版發音教學書了，我強烈建議你要去買來拜讀一下，不讀不知，一讀保證你會對老師投以崇拜的眼光，然後就莫名其妙地記下韓語字母的發音。發音學得好，你就會對接下來的初級課程很有興趣；發音學得好，你就會很喜歡說韓語，即使文法偶爾用錯了，那也沒關係，只要你發的音是正確的，別人還是猜得到你想要表達的是什麼……所以，請放心地讓高老師引導你進入韓語世界吧～

慧婕/平日像陀螺一般轉個不停的3x歲職業婦女

我被韓國人稱讚發音很標準

高老師中文造詣精深，發音也近乎母語人士，對中韓文之間的差異十分了解，也因此在上課時總是能立刻解答我們的疑問。對於同學發音不正確，會仔細慢慢發音，讓我們理解問題癥結。此外，比起課本的內容，更重視實際使用的語彙。同樣身為語言教學者，第一次上課就有種「就是這個老師了！」的想法。真心推薦給大家！

高老師非常重視每個學生的發音，即使我們把韓文當興趣，但老師總會一次又一次不厭其煩地糾正我們的發音。老師教發音時從口型及舌頭的位置開始解釋給我們聽，也比較不同的子音母音發音上的差別，讓我們不僅容易地了解分辨每個音的差異，也更能準確地發出每個單字。我的韓國同事有次還稱我的發音很標準，非常慶幸學韓文的一開始是由高老師帶著我們學。

譚小姐/美妝業

害羞的人，也能夠勇敢開口說

忝為高老師的學生，在學習韓語的兩年來，深深感受到高老師對韓文教學的熱忱與執著，舉凡在課堂上，老師重視發音的準確度、著重流暢而自然的口語表達技巧，這些特點均在在顯示老師對教學理念持以溫和但不失嚴謹的態度。害羞如我，受業於高老師後，開始勇於開口，不再在意用字遣詞準確與否，而是想方設法地學以致用。此外，透過課堂中的翻譯比較，也更能了解自己的母語與學習的語言之間的連結以及各語言的特性，相信按部就班地跟著高老師的腳步學習，將能在外語學習的路上，有更豐富的斬獲。

仲寧

改正台灣學生的盲點

高老師的教學活潑生動，特別強調聽說能力的培養。上課時有很多練習機會，學生能藉此培養對於韓語的語感，也能從學習韓文中得到許多快樂與成就感！

此外，高老師十分了解台灣學生學習韓文的困難點，發音不正確時，高老師總能精準地告訴我們該如何改正。同為語言教師，我認為高老師的教學方法能快速且有效提高學生的韓文程度，強烈推薦！

邱小姐/華語教師

國家圖書館出版品預行編目資料

從哈哈大笑開始學韓語發音：高老師獨創學習
法 / 高俊江著. -- 初版. -- 臺北市：大田, 2018.10
　　面；　公分. -- (Restart ; 014)
　　ISBN 978-986-179-536-2(平裝)
　　1.韓語 2.發音
　　803.24　　　　　　　　　　　　107009505

線上回函

填回函雙重贈禮
①立即送購書優惠券
②抽獎小禮物

Restart 014

從哈哈大笑開始學韓語發音：
高老師獨創學習法

作者：高俊江

出　版　者 | 大田出版有限公司
台北市10445 中山北路二段26 巷2 號2 樓
E - m a i l | titan3@ms22.hinet.net http：//www.titan3.com.tw
編輯部專線 | （02）2562-1383 傳真：（02）2581-8761
　　　　　【如果您對本書或本出版公司有任何意見，歡迎來電】

總　編　輯 | 莊培園
副 總 編 輯 | 蔡鳳儀　　編 輯 | 陳映璇
行 銷 企 劃 | 高芸珮　　行 銷 編 輯 | 翁于庭
校　　　對 | 金文蕙
內 頁 美 術 | 張蘊方、陳柔含
印　　　刷 | 上好印刷股份有限公司（04）2315-0280
初　　　版 | 2018 年 10 月 01 日 定價：320 元
國 際 書 碼 | ISBN 978-986-179-536-2 / CIP: 803.24 / 107009505

總　經　銷 | 知己圖書股份有限公司
台　　　北 | 台北市106 辛亥路一段30 號9 樓
　　　　　TEL（02）23672044／23672047　FAX：（02）23635741
台　　　中 | 台中市407 工業30 路1 號
　　　　　TEL（04）23595819 FAX：（04）23595493
E - m a i l | service@morningstar.com.tw
網 路 書 店 | http://www.morningstar.com.tw
郵 政 劃 撥 | 15060393
戶　　　名 | 知己圖書股份有限公司

韓語生活隨身卡

外貌

잘생겼어요 . 好看；帥。　　못생겼어요 . 難看；醜。

귀여워요 . 可愛。　　　　예뻐요 . 漂亮。

멋있어요 . 有帥氣。

個性

착해요 . 善良；乖。　　　친절해요 . 親切。

적극적이에요 . 積極。　　소극적이에요 . 消極。

외향적이에요 . 外向。　　내성적이에요 . 內向。

買東西 1

얼마예요？ 多少錢？

가격 얼마예요？ 價格多少？

어디에서 샀어요？ 哪裡買的？

어디에서 팔아요？ 哪裡賣？

買東西 2

가성비 높아요 . 價性比－（CP 值高。）

경제적이에요 . 很經濟。

좀 깎아 주세요 . 算便宜一點好嗎？

韓語生活隨身卡

隨身攜帶．掃描 QR Code，跟著高老師一起發音！

天氣 1

더워요． 熱。

추워요． 冷。

따뜻해요． 暖。

시원해요． 涼。

습해요． 濕 —（潮濕。）

건조해요． 乾燥 —（乾燥。）

天氣 2

맑아요． 晴朗。

흐려요． 陰天。

비 와요． 下雨。

눈 와요． 下雪。

바람 불어요． 刮風。

健康

건강해요． 健康 —（很健康。）

몸 안 좋아요． 身體不好。

아파요． 痛；不舒服。

머리 아파요． 頭痛。

배 아파요． 肚子痛。

허리 아파요． 腰痛。

感冒症狀

감기 걸렸어요． 感氣 —（感冒了。）

열 나요． 熱 —（發燒。）

기침 해요． 咳嗽。

코 막혀요． 鼻塞。

재채기 해요． 打噴嚏。